中公文庫

愛してるよ、愛してるぜ

山田詠美
安部譲二

中央公論新社

はじめに

山田詠美

もう何年も前のことになりますが、絵本作家で、エッセイストとしても御活躍された、故・佐野洋子さんのお宅に遊びに行った時のことです。私たちは、佐野さんの作った小粋な肴をいただきながら、一杯二杯とグラスを重ね、女四人でお喋りに興じ、時の経つのを忘れました。今で言うところのガールズトークというやつでしょうか（かなり、とうが立ったガールズではありましたが）。

まだ日の高い時刻だというのに、すっかり御機嫌になった私たちは、好きな男について白状し合いましたが、驚いたことに佐野さんが口にしたのは、私の長い知り合いである安部譲二さんだったのでした。それなら呼べる！　とばかりに、佐野さんにいい格好をしたい私は、即座に安部さんに電話をかけ、呼び出すのに成功したのです。

そして、安部さんはやって来た。この時のことは、本文の中でも触れていますが、近所の道端で待ち受ける佐野さんと私に向かって歩いて来る、彼の風情のなんとチャーミングだったことか。佐野さんは、その姿を見つけるやいなや、私の背後に身を隠し（たつもり）て、言いました。

「ちょっとお、なんか、すっごくいい男じゃないのお。私、困るわよお」

「何、今さら照れてんですか」

「照れるわよお。だって、まさか、こんな宅急便みたいに早く来るとは思わないじゃないのお」

「あはは、実用的な男なんですかね」

と、いつもは、辛辣な口調で気に食わない人物や事柄をぶった切る佐野さんが、ずい分年下の私に散々からかわれたのでした。だって、突然、少女のように初々しく変身してしまったのですもの。

相変わらず、もてるんだなあ、と久々に会った私は、近付いて来る安部さんをながめながら思いました。そう、彼は、本当にもてるんです。それも、酸いも甘いも噛み分けた、人生の味わいの何たるかを知ったような女たちに。男の魅力の優先順位の第一位が「可愛げ」に他ならない、という境地に達することの出来た女たちに。彼女たちには、彼が、お金ではかたの付かない種類の手間を、うんとかけられた、目に見えない贅沢を身にまとった男だというのが解るのです。膨大な経験を、年月が濾過し続けて得た贅沢。そんな贅沢を、時に厳しく、時にユーモラスに、そして、あくまでも真面目に、他人《ひと》様のために役立てること。それが、この本の使命だと思っております。そのために、不肖、わたくし、山田詠美めがナヴィゲイターを務めさせていただきました（ずい分態度のでかいナヴィですが）。

「実用的な男」。はからずも佐野さんに対して、私は、安部譲二をそう称しました。でも、こう訂正させて下さい。「実践的な男」と。ええ、失敗も含めて、あの方、とっても、可愛げのあり過ぎる故に困った実践的な男なんです。

目次

構成　島﨑今日子

愛してるよ、愛してるぜ

プロローグ　人生、いつも上機嫌！

小栗旬が俺に似てるんだって？

山田　元気でした？　安部さんに会えるの、楽しみにしてたんだよ。

安部　詠美さんにそう言ってもらえるなんて嬉しいねえ。俺も楽しみにしてた。

山田　まず、お礼を言わなきゃ。西荻にある私のなじみのバーにヤクザもんが出入りするようになって、お金払わないで飲もうとするから困り果てて、夜中に電話したら来てくれましたよね。安部さんが店に入ってきてジロッと見回した途端、向こうのほうで威張ってたヤクザが、「なんでぃ、安部譲二なんてよ」と言って出て行った。カッコよかった〜。

安部　カッコよかないよ。そのときさぁ、ジーンズのオーバーオールに泥靴履いて、Tシャツかなんか着て、ペンキの缶と刷毛持ったら、もう、漫画に出てくるペンキ屋みたいな格好でさ、全然ヤクザっぽくないの。

山田　でもそこが余計に、なにか不穏なものを感じさせたんだと思うよ。それまですごくしつこかったのに、それから来なくなったの。ところで、安部さん、今、好きな女の子は誰ですか。石田えりちゃん？　昔から彼女って言ってるよね。（笑）

安部　今は黒木メイサ。

山田　お孫さんぐらいですよ、あの人。でも、愛があればいいのよね、年の差はね。

安部　終戦直後からずうっと見てるけど、今や日本は歴史始まって以来、女がいい国だよ。

山田　そうですか？

安部　そうだよぉ。だって六〇年前のスターは座布団みたいに大きな顔でさ、おケツの下にすぐ足の裏がある、あひるみたいな体形でね。それがこの前ある女優さんに会ったら、ここ（胸骨の中央部を指して）から足が始まってるんだ。すごい時代だよ。

山田　アハハハハ。でも、男の子だってそうじゃないですか。

安部　小栗旬が俺の若い頃に似てんだって。

山田　えッ（と絶句）。それってさ、本当にポジティブな思考だよね。（笑）

安部　だからね、女房に「小栗旬が出たらすぐ教えて」と言っておいたんだよ。そしたら「小栗旬！」って教えてくれるんだけど、なんべん見ても、どれなんだかまだ覚えない。

山田　小栗旬って、今のいい男の代表みたいな人ですよ。

安部　うん、うん。詠美さん、二階から落っこちたことある？

山田　ありません。

安部　俺ね、十年くらい前、一年に二回、二階の階段から落ちた。いっぺんは腰の骨を強打して、いっぺんは首の筋と動脈を痛めて。

山田　え、それで入院かなんかなさったんですか。

安部　しない。それですぐ武蔵野市の家を売って、お隣の杉並区の同じ大きさの家に越したの。車でせいぜい一〇分ぐらいのとこ。そうすると友だちも編集者も、「安部さん、絶対、隣の若奥さんとなんかあったんじゃないか」ってね。でも、そんなことって、俺の場合はありそうじゃん？

山田　前向きだね。（笑）

安部　引っ越しって、女と別れる七掛けぐらいのエネルギーがいるんだよ。それをあえてやったのは、どうしても階段から落ちるのが嫌だから。

山田　階段から落ちて亡くなった人もいっぱいいるよね。小泉喜美子さんとか、中島らもさんもそうだもんね。

安部　中島らもが対談で俺んちに来たの。とっても楽しかったんだけど、あいつはサービス精神が旺盛だからゾンビみたいな状態でもなんとか人をエンターテインしようと朗らかに振る舞って……そして帰って行った。そのとき、女房にはっきり言ったの、「ヤバいよ」って。俺は、人がヤバくなったときの顔がわかるの。

山田　それ、彼が死ぬ間際だったんですか。

安部　二、三週間前。

山田　えっ、本当！

安部　人がパクられるのもわかるんだよ。
山田　え～っ。この部屋の中にいます？　誰か。（笑）
安部　これはね、秘術なんだから、もっと値打ちつけてからじゃないと教えられないね。
山田　まったく、何をもったいぶってるんだか。（笑）

女房がゴミ出すたびにハラハラ

安部　俺、初めて会ったとき、詠美さんに言ったじゃない、「俺は原稿書いたら、すぐに誰か女が読んでくれて、『面白い』だとか『ああ悲しい』とか『うまい』とか言ってくれるといくらでも書けるんだ」って。詠美さんは「私は、一枚書くと読者になって『詠美はすごい』って言うんだ」と言ってたね。今の女房さ（注・美智子さん、戸籍上八番目の妻）、最初のうちはさ、まだ手書きだった原稿を渡すと、感動もあらわに胸を震わせて喜んだね。二二～二三年前だよ。
山田　アハハハハハ。今は……？
安部　一〇年ぐらい経って気がついたら「ここ〝てにをは〟が違うでしょ」だって。「意外の〝意〟は違うわよ」なんてね。それで「俺の書いた原稿、面白いの？」って聞いたら、「まあまあ」。ね、これはヤバいよ、そろそろ……。
山田　でも、何十年も胸震わせてたらそっちのほうがヤバいですよ。胸の病気だよ。（笑）

安部　詠美さんの『風味絶佳』に、女房がゴミバケツを持って表に出るとゴミの回収車がいて、その男にたちまち恋をして、一緒に乗ってっちゃう、そういう小説あったでしょ。

山田　女房がさ、ゴミを出しに行くとき、もう俺は、ハラハラの思いで見ていたのさ。

安部　え〜、じゃあ、私の小説、刺激になってよかったじゃないですか。

山田　けど俺はね、俺の叡智でそれを解決したの。

安部　自分でゴミを出すとか、生ゴミ処理機を買ったとか、ですか？

山田　和やかな、朗らかな雰囲気、これを再び取り戻すのにはどうしたらいいか、考えて。その結果が……猫を飼ったんだよ！　猫っていうのは寝てるだけで、のびをするだけで、歩くだけで、なんとも言えず平和で。

安部　それとゴミ出しはどういう関係が？

山田　もうゴミ出しも心配ない。だって、あの猫がいる限り、女房はいつでもニコニコしてるし、必ず帰ってくるし。

安部　清掃作業員のとこに可愛い猫がいたらどうするんですか？

山田　それは、大変だなぁ……。けどね、二人と一匹の世帯になったら、うちに再び和やかさが戻って、女房がたまに微笑むようになった。だって、一〇年前から、うまくできた冗談だって自分でも思う冗談言っても、ニコリともしないんだもん。

安部　アハハハハハ。

安部　それでね、この手のひらに乗るぐらいの可愛い白い猫だったんだけど、松山から生後二ヵ月で連れてこられたときは、三日三晩鳴き続けたの。きっと「お母さん、お母さん」って言ってたんだと思う。そしたら突然鳴きやんで、女房の猫になった。猫は序列ってものをちゃんとわきまえてるから、いつの間にか、この家で一番えらい人はママ、二番目が自分、三番目はアイツって、これが俺のこと。もうそれがね、立ち居振る舞い、眼の配りに所作にね、隠しようもなく表れるの。俺のことをバカにしくさるの。ちきしょ〜。

山田　でも会話が増えたんでしょ。それに男の人が最下位だと家庭が平和ですよね。

安部　それがね、違うんだよ。やっぱり男っていうのはね、お金払えば人がちやほやしてくれるのを知っているから、俺も散々銭を使ったよ。けど、お金を払わずにちやほやされて、大事にされて、女はみんな俺に惚れてくれなきゃ駄目なんだよッ。

山田　駄目なんだよッて、そんな……言われてもねぇ。（笑）

看護婦が手を握ってくれて……

安部　四柱推命学の人が、俺を見ると、大抵「あなたは四年周期で浮き沈みが激しい人です」と言うの。これが、当たってるの。あるとき、突然五億も借金したんだよ（注・前妻への慰謝料など）。それでね、まだ籍が入ってなかった今の女房に、「まともに払いたくねえほど借金しちまったけどどうしようか」と言ったら、「私は一五年もＯＬやってたから、帳簿をお見せなさい」。で見せたら、「このくらいのことだったら平気よ」って言うから、感動してさ。

山田　のろけの方向にいってるよ、今。

安部　こんな度胸のある人だったら、女房やってもらおうと思うの。そしたらね、ゼロの数を数え間違えてて。五千万だと思ったのが五億だった。

山田　ねえ、原稿で感動して震えていたってのも、単に震えてただけじゃないの？

安部　なんか嬉しそうだね、今日。

山田　だって安部さん、いっつも楽しそうなんだもん。私も楽しいよ。

安部　あのきれいなおばちゃんどうしてる？　『100万回生きたねこ』の。

山田　佐野洋子さんね。私が佐野さんの家に遊びに行ったとき、「どんな男の人が好きなの？」って聞いたら、佐野さんが「私の理想は安部譲二よ」と言ったの。だから「私が会わせてやる、任せとけ」と安部さんに電話したら、来てくれたよね。

安部　詠美さん、あのとき、方向音痴の俺を心配して道路で待っていてくれてね。『100万回生きたねこ』を頂いて、初めて読んで感動するんだよ。あのとき、眼鏡かライターか忘れてしまって、翌日、羊羹持って取りに行ったんだ。

山田　ふふ。若かったらわざと忘れるんだけどね（笑）。だって、男の人って必ず時計とか忘れていきません？　初めて泊まった日とか。

安部　女の人もよくお忘れになって。一番迷惑なのは、ピアス。女の人ってのは耳に穴開けるのは一つだけにしたほうがいいよ。
山田　私、九個開けてるんですけど。
安部　二つも三つも開けると、その数だけ落とすでしょ。必ずベッドと枕の周辺に落っことすんだよ。
山田　そうなんですよ、落とすような行為に及ぶから。
安部　そうすると、次の人の足の裏に刺さっちゃうこともあるんだ。あれは迷惑だね。
山田　だから一個にしといたほうがいいって言うの？
安部　そうだよ。あれは一つだって大ケガする。ジジイになってごらん、老眼鏡で探さなきゃいけない（笑）。この頃はね、医学の進歩って凄いんだぞ。俺、白内障って言われてさ。お袋と親父が作ったまま七三年間使ってきたレンズをレーザーで分解して取り出して、人工的な水晶体に代えたの。片目何分でできたと思う？　一〇分くらいだよ。
山田　え、そんなに短いの？
安部　ほとんどそんなもん。俺、今までいろんな手術してるけど、ああいう大きな病院にはマニュアルがあるんだね。ひときわ綺麗な看護婦が、五〇年前は小栗旬だった男をだよ、ストレッチャーから手術台に移すとき、片手を握りしめてくれるの。だからさ、仲良くしようと思ってると、ぶちゅって針刺すとさっと手を離してどっか行っちゃう。（笑）

山田　アハハハハ。亡くなった水上勉さんもそうだったんですよねえ。心臓で倒れる寸前に、美人の看護師さんの名札だけはしっかりマークしていた。（笑）

詠美さんの描写力、愛でてるの

安部　俺、初期の頃は読んだけれど、今は詠美さんがいくら本を送ってくださっても、大事にとっておいて読まないの。読んじゃうと、文体が影響される。

山田　そうかなあ。

安部　俺なんて〝にわか小説家〟だったから、下手なやつのには似ないの。けど、俺よりうまいな、と思うやつの一冊読んじゃうと、二冊目は隠居してからの楽しみだと思って置いておく。詠美さんの描写力ってさ、自分の大変な数の言葉の中から一番はまりがいい、収まりがいいものを選んでいる感じがするんだ。もしかすると音読してるかもしれない。

山田　昔、リレー小説をやろうっていう話もあったんだよね。『週刊ポスト』で。いつのまにかそれは立ち消えになっちゃったけど。

安部　あったね。久しぶりと言えば、なんと俺、小学校四年生のときに「健康優良児」っていうのをもらって以来初めて賞をもらったの。五年前に漫画の原作で、「小学館漫画賞」。一〇〇万もらったの。

山田　へえ、すご～い。おめでとうございます。

安部　賞って、評価されたからもらうんだから、なんでも嬉しいよね。

山田　嬉しいですよ、ご褒美ですから。

安部　だけどさ、あなたは「小説家っていうのは〝性欲〟や〝食欲〟のほかに〝描写欲〟っていうのがあるんだ」とおっしゃっている。自分に〝描写欲〟っていうのと〝描写能力〟というのが備わってるらしいって思ったのはいくつだい？

山田　私ですか。

安部　「詠美はえらい」と思う前の話。

山田　今は謙虚だから、そんなふうにえらいとは思えないんだけど、描写欲に関して言えば、自覚したのは高校生ぐらいですかねえ。ただそれが小説という形になるとはわからなかったけど、イメージ的にそれを言語化することはちょっと人より発達してるかな、って思ったのは高校生ぐらい。

安部　それって、もっと早ければよかったと思う？

山田　思いませんね、だって読書体験積み重ねてきて、見つかったものだから。子どもが書く詩ってすごく純粋でハッとするようなものがあるけど、やっぱり、小説家の資質はその種の無垢とは違うものだと思うから。

安部　詠美さんが自分の才能に気がついたのは高校生の頃か……。

山田　才能なんて、そんなおこがましいふうには思わないけど、言語化に秀でてるところがちょっとあるかもと思った。それって多分、初めて男の子とセックスしたことにも関連があるかもしれない、うん。世の中が違ってみえる瞬間を言葉にしたいなっていう意欲みたいなのは、そこから生まれたかもしれないです。

安部　あなたの小説で若い連中がいろいろするじゃない、そうすると俺も若かった頃を思い出すんだよ。俺が小学校低学年の頃日本は貧乏だったんだ。その頃から大きくなったら何やったら一番いい暮らしができるんだろうと思って、いろんなことを試してきたよ。もしかすると俺、日本のボーイソプラノって言われるんじゃないかと思ってさぁ。

山田　どうしてボーイソプラノなの。（笑）

安部　聖歌隊でボーイソプラノだったの！　サボって練習に行かなかったら、リーダーが来て、うちの玄関でお袋と話してるの。「お宅のお子さんは聖歌隊ではとっても貴重な存在なんです」。お袋がかなり疑わしそうに、「学校の音楽のお点、よくはないんですけども」なんて言うと、「いいえ、コーラスで声を張るときに、半音狂ってるっていうのは音に厚みが出ていいんです」って。

山田　アハハハハハ。おかしい、それ。わざと半音ずらしていたんじゃないでしょうね。

安部　あぁ駄目だって、そのとき思うのね。絵描いても駄目。野球やっても、一二秒台で走れないとプロの選手にはなれないのに、俺は一番早いときで一三秒三ぐらい。ね、だから野球も駄目。そんな頃、安藤昇さん（注・元安藤組組長。後に俳優・作家）に、「男売る稼業、修業してみねえか」と誘われたんだ。これが「ヤクザになんないか」と言われたら「そんなもん嫌だ」って言うじゃない。〝男を売る稼業〟だよ。
山田 女を売る稼業じゃなくてよかったね。（笑）
安部 それで一四歳で安藤組に入るわけ。最初は一坪五〇〇円、お店から頂くの。みかじめ料。まだテキ屋とヤクザの棲み分けができてない頃だから、大道易者からも一日五〇〇円。
山田 なんで、そんな面白い話いっぱいあるの。
安部 俺ね、この前、一つ真理がわかったの。まだ一回も会ったことないんだけど、上戸彩ってのと、ね、一回じゃ後引くから二回やりたいなと思ったの。
山田 上戸彩？……義理のお父さん、携帯CMの犬になっちゃうんだよ。（笑）
安部 そうしたらね、上戸彩ちゃんが俺にCDをくれたの。だから、CDに入ってる歌を全部覚えて……。
山田 やめなさい、そんな。無駄な抵抗だから。
安部 絶対、忘年会のときにアカペラで歌ってやるんだ。ところがさ、俺が上戸彩ちゃんのCDを聞くと、全部同じ曲に聞こえる（笑）。まだ二〇代で日航のパーサーしていた頃、アラビアに行ったら、ラジオから流れてくるのがみんな、あはぁんあはぁんあはぁんっていう変な歌ばかりだったことを思い出したよ。

山田　アハハハハハ。

安部　きっとね、今の世代の人には俺たちの頃の「湯の町エレジー」だとか「上海ブルース」っていうのはみんな同じ音に聞こえると思うんだ。

山田　それが最近発見した真理ですか。安部さん、ソフトバンクのコマーシャルに出たら面白いんじゃない？　「彼氏なの」と上戸彩が言って連れてきたのが安部さんだったらウケる。あ、そういえばもう携帯のコマーシャルに出てますよね。

安部　よく言われるんだけれど、あれ、プロレスのアニマル浜口。みんなが間違えるの、なんでだろう。全然小栗旬に似てないじゃん。

山田　どこまでも小栗旬！　その前向きさで、これから人生相談に臨みましょうか。（笑）

第一幕

婚外恋愛と女の賞味期限

ご相談

私は四五歳の主婦です。夫は四八歳になる銀行マンで、一九歳（大学一年生）の息子と一七歳（高校二年生）の娘がおります。短大卒業後に勤めた大手銀行で同僚として夫と出会い、二五歳で結婚して退職、家庭を守ってきました。銀行が合併し、閑職へ追いやられた夫は気落ちして、この数年、家にいる時間が長くなりました。私は気分転換と家計を助けるために、学習塾で働くことに。そこで出会ったのが、臨時講師をしている三三歳の独り者、K君です。

半年前に肉体関係を持ちましたが、「若い子なんかより魅力的だ」と言ってくれます。こんな幸福を感じたのは生まれて初めてで、彼こそ運命の人だと確信しました。K君は「一緒になろう」と言ってくれますが、子どもたちに対し、母親として顔向けができないと思ってしまいます。夫とふたりで築き上げた生活を手放す決心もつきません。しかし、四五歳の私には、もはや女の賞味期限はそれほど残されてもおらず、K君との恋が最後の恋でしょう。

進むべきか、諦めるべきか。譲二先生、詠美先生、迷える私を救ってください。

恋は命がけのもの

山田　佐野洋子さん、亡くなっちゃいましたね。私、この間、安部さんと話したことを、『小説新潮』で連載してる「熱血ポンちゃん」に書いたんですよ、佐野さんのエピソードも含めて。あれが追悼文になっちゃいました。

安部　俺、お別れ会、行ったよ。詠美さんいるかと思ってキョロキョロしたけど、いなかったからビール一杯と水割り一杯飲んで帰ってきた。

山田　格好良い人だったね。私、最後のほうにとっても仲良くしてもらった。遊びに行ったときも至れり尽くせりのお料理出てきてねえ。

安部　その料理も、食いしん坊の俺から言わせるとかなり吟味したものを食わせた。なかなかうるさい女だなと思ったもんね。

山田　シンプルに〝酒呑みの料理〟みたいなの作ってくれたり、カラスミとかをちまちま出してくれて。彼女自身はそんなに飲まないのに。

安部　詠美さんに呼ばれてあの方のお宅にうかがったとき、俺、ライターを忘れたでしょ。詠美さんは、「あんたの手口」って言うけど、この年になると、フェイドアウトするだけって思ってるから、もう恋はしないし、喧嘩はしないし、戦いもしない。

山田　それ、普通なんじゃないですか。（笑）

安部　だから次の日は、虎屋の羊羹買って、女房と一緒に行くもんな（笑）。もし一人で行って、「ちょっとあがってコーヒーでも飲め」なんて言われたら、俺、ズボンまで脱いじゃうから、ヤバイもんな。なっ。なっ。

山田　ズボン脱いでもパンツまで脱がなきゃいいんですよ。（笑）

安部　……なんでこんな話なの、今日。

山田　だから！　相談に答えるんですよ。さあ、答えましょう。これって、夫の仕事がうまくいかないとか、娘もいるとか、そういうのが刺激になって恋を引き立ててるわけだから、あと一年コソコソつきあったほうがいいと思う。一年たったら、「なんでこんな人と」と思うかもしれない。自分で生計を立てられる経済力があるなら離婚してもいいと思うけれど、今のところアルバイトなんだから、夫との生活を続けるほうがいいです。

安部　こんなに優しくて人のいい女が、あんな小説書くなんて思う？

山田　私、人、悪いですよ。（笑）

安部　きっと一卵性双生児で、もう一人「山田詠美」っていう人がいて、小説書いてるんだと思う。

山田　そうなんですよ〜。書いてるのは別人だから。（笑）

安部　絶対そうだと思う。あのね、大学出てて四五にもなって、身体の線がまだ崩れてない、そんな女なのに、恋ってもんはやっちまうと命がけなんだ、ということを知らないわけがないでしょ。喧嘩や戦争とほとんど同じことだもん。

山田 いや、わかってないんじゃないかなあ。

安部 じゃあ、詠美さんの本を読め。

山田 それ言っちゃったら終わりですよ。この人、一番問題なのは、「女の賞味期限」なんて書くこと。こういうふうに思う人って、もう二五のときに賞味期限は切れてるよ。

安部 だな、だな。俺もそう思う。

山田 女の賞味期限が何を指しているのか知らないけど、その賞味期限があることで男が寄ってくると思ってるなんて、その男を見くびってる。たとえば熟成して美味しいものだってあるじゃない。年をとることはそういうふうに考えればいいことだし、世の中、若いのがいいという男ばかりじゃないでしょう。

安部 ヤバイ、黒木メイサもそろそろ賞味期限かな（笑）。内田有紀ってのとも賞味期限が切れる前に……そうしたら、ヤバイな。戦争になっちゃうな。ヤバイな、会わないほうがいいな。（笑）

山田 安部さんって趣味がバラバラだけど、みんなカワイ子ちゃんだね。それって、古い日本の男じゃん。（笑）

発情＋感情＝恋愛

安部　だってね……自慢だからニッコリ微笑むんだけどさ。俺の歯さ、一四本もインプラント入れたんだよ。
山田　一四本って！　ものすごいお金かかったでしょ。
安部　ほとんど車一台分ぐらいかかったの。で、目は白内障の手術したでしょ。片目一〇分ずつ、二〇分で両目の水晶体を取り替えてくれた。だからもう二年ぐらいしたら、ちんぽこまで取り替えられるようになるよ。
山田　それ、誰のために。（笑）
安部　絶対、ちんぽこもハリー・リームスみたいに一八センチでも二四センチにでも、取り替えられるようになるんだよ。ハリー・リームスなんて覚えてる？　『ディープ・スロート』の男優。
山田　男は勘違いしてるけど、大きいからいいってもんじゃないですよ、大は小を兼ねないんだから。
安部　だって、温泉芸者に聞くと、客は「俺のはどうだった、他のやつと比べて」と必ず聞くんだって。
山田　男の人って、あそこがアイデンティティなのかなあ。女からしたらまったく違う話なのに。

安部 俺も男だけど……。

山田 ちゃんと悩みに答えてよ。これだって旦那のほうがすごく大きいかもしれないじゃない。(笑)

安部 旦那のが根元からぎゅっと測っても一五センチだけど、今度の男は一八センチもあるなんていうところは、絶対、編集部で削除したに決まってる。

山田 違う! 重要なのは膨張率……じゃなくって、たぶん、愛の言葉とかそういう問題なんだと思う。若い男に言葉が多いんだよ。褒め言葉とか。でも、もし離婚してその若い男と一緒になったら、旦那と同じように褒めてくれたりしなくなるよ、絶対。

安部 だけど、女もそうだね。俺は傍目にはとっても仲のいい女房がいる。そうするとね、女のなかで、事件屋っぽい性格のやつは……。

山田 事件屋って(笑)。面白いこと言う〜。

安部 事件屋っぽいヤツって、男でもいるだろ。尖閣列島は戦争したほうがいいとか言うのが。そういうタイプの女が必ずちょっかいを出すの。

山田 ああ、いますね。

安部 それで喜んで抱いて夫婦別れすると、女のほうはあの夫婦を別れさせたというんで、もう大満足。独りもんになった俺には見向きもしなくなる。女が三人いりゃあ一人はそうだよ。だからもしそうだったらいけないと思うから、佐野さんちにライター取りに行くときには、虎屋の羊羹持って、女房と一緒に行く。

山田　アハハハハハ、甘いものがお守りなの？

安部　詠美さん、まだお若い。俺ね、以前はパソコンの前に座るとつらつらって嘘が書けたの。だけど五年くらい前から嘘が書けない。ああ、もう俺終わったんだなと思いながら、「なんで正月しか栗きんとんを作んないんだ」と書くくらい、甘いものが好きになっちゃったのよ（笑）。それだったらいくらでも書けると思う。

山田　嘘書けなくなったら本当のこと書けばいいんですよ。

安部　本当のこと書いて飯が食えるほどまだ生きちゃいないよ。考えてごらん、書いてきたこと、ほとんど嘘だよ。俺、きっと、恋なんかしたことねえんじゃねえかと思う。

山田　え〜っ、してたよ。知ってるよぉ〜。二十数年前。へへへへ。

安部　だからね、恋っていうものは「恋」って言うから美しいんで……。女は知らないけれど、男はそれを性欲だと思うと身も蓋もないよな。

山田　私も、発情することが感情と一緒になったときに恋と呼ぶんだと思ってますよ。だから、初恋は一番最初の発情期で、純愛って一番よこしまな発情の形態だと思ってる。

安部　原稿用紙の上だけじゃないね、すごい言葉を紡ぎ出すよな。女も助平だと思ったけど、やっぱりそうか。

山田　プラトニックって、あやふやな分、一番気持ちを盛り立てる欲情装置のような気がするんですけど。

セックスは必ず飽きる

安部　男も女もね、助平なことっていうのは露わにしたくないから、「恋だ」って言いたいんだよ。

山田　欲しいっていう気持ち、それは全然悪いことじゃない。けど、性欲をすごく美化して「情熱」とか「恋」とかいろいろ言い換えるんですよね。

安部　タモリの『笑っていいとも！』に出たときに、方々から花輪が来るじゃない。その中に、「エレベータの中の『すんべ』より」と書いてあるのがあったんだよ（笑）。俺、やりたい女がいると、二人っきりになったとき、「おい、すんべ」って言うの。

山田　「すんべ」って何語？（笑）　ＯＫの確率はどれくらいですか。

安部　四〇人に一人だよ。「八八兎を追うものは一兎ぐらいは得る」。

山田　アハハハハハ。「安部譲二語録」、作れば？　でも、普通は八八兎も体力がなくてとても追えませんよ。

安部　体力要らないよ、一言「すんべ」って言えばいいんだもん。

山田　もうちょっと相談に乗ろうよ。私、同じシチュエーションの人、二人知ってるの。

でも、どちらも離婚しなかった。今となっては「あのとき常軌を逸しないでよかった」「熱病だった」と言ってます。だからあと一年コソコソつきあって、その後ろめたさをも引き受ければいい。そして一年つきあっても気持ちが変わらなかったら、それはもう運命だと思う。

安部　この女の人がどうなるかと賭けるんだったら、今、詠美さんの言ったように一年ぐらいで別れるっていうのが本命だよ。俺はセックスで言ったら、あと四、五回だと思う。

山田　確かにこれはセックス、性欲の問題だと思う。でなかったら賞味期限なんて言葉使わないでしょ。だけどセックスって、必ず飽きる。飽きたときに残ったものが何か、そこに愛情が残るか残らないかというところで、夫婦も続くか続かないかが決まるんだもん。だから一年ぐらいコソコソと濃密に続けてみると、見えてくるものあると思うよ。

安部　あと四、五回寝てね。

山田　ただね、この男も「キミが唯一無二だ」と言ってくれるんだったらともかく、「若い子なんかより」なんて女の人に優越感持たせるテクを使ってる。本当のところ、こんな低次元のテクを使う男にひっかかる女は駄目だと思うよ。

安部　けどこの女、そんなデリケートなとこまで気がつく女じゃねえよ。相手がまだ三〇いくつかの、詠美さんの言ったようにデリカシーに欠ける男だからいいけど、俺たちみたいな爺さんなら一回やって終わりだね。大体、こんなことを恋だなんて言ってもらっちゃあ……悲しいよ。

山田　こういう過ちで、この女の人がとことん堕ちていって、もしかしたらうらぶれちゃうかもわからない。だけど、それはそれで一つの選択だし、一つの人生として味が出るかもわからないんだから、とりあえず、このまま続けていけばいいんじゃない。

安部　俺ね、とっても詠美さんみたいに優しくなれないの。それはね、もう七〇の人だろうと六五の人だろうと、女の人と男がセックスをしてるだけで、俺は妬ましい。俺ね、この年になったからなんでも言っちゃうけどさ、人がやるの嫌いなの。だから、海老蔵も嫌いだし小栗旬も嫌い。

山田　アハハハハハ、また言ってる。この頃、小栗旬を見るたびに、安部さん思い出しちゃってねえ。

安部　俺の若い頃のアルバム見ると、みんな「あっ、小栗旬」と言うよ。俺、もしかすると小栗旬のおふくろとやってんじゃないのかなって思うの（笑）。この年になると、パーティーなんかで向こうにいるバアさまがこっち睨んでると、「あいつとやったっけな？」って思うの。あるときね、ラジオ局の花形アナウンサーだったおバアさんがカツカツと歩いてきたから、「あなたとなんかありましたっけ」って言ったら、「私もそれを考えてた」。（笑）

山田　あったんですか？

安部　友達の女だったから、顔を合わせたことがあったんだよ。それを思い出すのに二人で一五分ぐらいかかった。きっと女にも、エレベータで二人っきりになると「すんべ」なんて言ってるやついるんだよ。（笑）

山田　私しょっちゅう言ってましたもん、昔（笑）。英語だけどね。

「これが恋だ」と思えたら勝ち

安部　あるジイさんがこの前「男っていうのは生きて、老いぼれて、病気して、永眠するんだ」と言ったけれど、俺は今、「生きて、老いぼれて」の段階で、これから病気して、死ぬんだよ。その段階で一番アレアレ？って思うのは、性欲が鈍化というより、ほとんどなくなったんだよ。

山田　いくつでなくなりました？

安部　七二でなくなった。今あるのは、食欲と自己顕示欲だけだよ。

山田　ピースフルじゃない（笑）。性欲なくなるって平和になることだよね。性欲って戦闘意欲に通じてると思うもの。

安部　悲しいよ。そういう本当のことを、平気でお嬢様にしゃべれるようになった自分が情けない。

山田　母性本能刺激してます、今？

安部　男はやりたい一心でありとあらゆる嘘をつくんだよ（笑）。今日は、実は女もそうなんだとはっきりわかった。それって恐ろしいことだよ。嘘つき合戦だよ。「恋」って美しい言葉だからみんな恋をしてるって思いたいし、これは恋だと思うからパンツも脱げるし、相手のパンツもひっぱがせる。けど、よくよく、本当に恋なんて美しいものなのかしらと考えたら、そうでもねえなって思うんだよ。

山田　だって、ほとんどの恋愛小説は、発情してることをいかに言い換えるか、ってことで成り立ってるじゃないですか。

安部　小説家にとっては飯の種だね。あのね、ご相談に戻るんだけど、なんでも、思えたら勝ちなんだよ。たとえば、ドラマの『坂の上の雲』で、俳優が「俺は正岡子規になるんだ」って思えば、勝ちなんだよ。あいつ、おそらく一五キロは減量してると思う。

山田　香川照之？

安部　うん。昔、ボクシングやってたからよく知ってるけど、一〇キロ減量するのは死ぬほど苦しいんだよ。だけどあいつは一五キロ痩せて、正岡子規になりきって……。だから、恋も一緒なんだよ。「性欲だ、やりたい一心だ」なんて思ったら八八人に一人ぐらいしかやれねえよ。

山田　アハハハハ。そこですか。

安部　だけど、「恋だ」って思えばもっと歩留まりがよくなるんだよ。ねっ。そう思わない？

山田　うん、思います。（笑）

安部　宗教もそうだと思う。神様がいるって信じるのは、幸せなこと。それだけで勝ちだよ。クリントンもオバマも、神様がいると思ってるから、アフガニスタンやイラクで戦争ができるんだよ。恋も一緒だと思う。

山田　この人、じゃあどうすればいいんですか。（笑）

安部　コンチクショウ、うまくやりやがって（笑）。本当はさ、俺、世界中の男を騙くらかして、多摩川の河原に集めて機関銃で撃っちゃいたいんだよ。（笑）

山田　アハハハハハ、たった一人の男になりたいんだ。でも、そうすると安部さんvs.いっぱい女がいるわけでしょ。面倒くさくない？　恋に使う労力って、一人にしか発揮されないものじゃないですか。

安部　あのね、恋かやりたい一心かって考えると……。恋っていうものは、きっともっとうんと神様を信じるみたいなことだと思うんだよ。

山田　でも、やりたい一心なんでしょ、恋って（笑）。たった一人の男になると、そのやりたい一心をすべての女に向けなきゃいけないんだよ。

安部　なんにも知らないんだね、詠美さん。今はね、バイアグラっていうのがあるんだよ。（笑）

山田　だからぁ、性器の問題じゃないんですよ、セックスっていうのは（笑）。この相談者も若い男に惚れてるのは、愛してるとか、彼女を優越感に導いてくれる言葉のテクニックがあるからだと思うのね。恋というストーリーがあるから。安部さんがそれをすべての女にやっていたら千夜一夜物語で、疲れるよ。（笑）

安部　人間ってさ、なんでこんなことしてるんだろう、ということがものすごく多いのよ。この人もさぁ、亭主に内緒でへそくって、ホストクラブで男買えばいいんだよ。安売り切符だったら五万円も出しゃあバンコクへ行けるんだから、バンコクで男、買えばいいんだよ。なんで「これ恋かしら」なんて面倒くさいことするの？

山田　だから恋のストーリーが必要なんです。自分を欲情させるために。

安部　むつかしいんだなあ。

山田　ラブストーリーが常に言い訳として必要なの。男もそうだと思うよ。

安部　みんな、格好良く恋だ愛だなんて言ってるけど、男も女も助平だね。嫌んなるほど助平だね。

山田　でも、いろいろな事件の発端にセックスがあるよね。やっぱりセックスって問題だよねえ。

安部　そういうのが終わっちゃって食欲だけになると爽やかだよ〜。

山田　本当ですかぁ？（笑）

時代が変わっても悩みは普遍

安部　けど、こういう「年下の男と私はやっててんのよ」みたいなことをよく堅気の女が言ってくるね。

山田　私、年下の男とやっててんですって小説ばっか書いてるんですけど（笑）。でも、世の中がどんなに発達したと言ったって、悩みって何十年も前から変わってないんですよね。ツールが違うだけで、基本的な悩みって全部同じかも。

安部　そうだよ。それで、なんにでも寿命があるんだよ。コップだって皿だって割れるし、人は死ぬし。本にも寿命があれば作家にも寿命があれば、政治家にだって寿命がある。この男と女は、まだそれに気がついてないんだよ。それが若さだよ。俺が妬むところでもあるんだ。

山田　また妬むんですか。（笑）

安部　俺、なんでも妬むんだよ。だから博奕打ちができたんだよ。人がお金持ってると、とってやろうと思うんだよ。

山田　それって言い換えれば所有欲、征服欲じゃない？　エネルギーの源になるじゃないですか。

安部　うん。女房いないから言うけど……ソニンだったらね、俺、バイアグラ持ってるから……。

山田　だからぁ、そこの問題じゃないんだって（笑）。今、性欲なくなったと言ったばかりでしょ。

安部　知ってる？「惚れてくれない上戸彩より惚れてくれる泉ピン子」って言葉。俺が作ったの。男にとって一番幸せなのは惚れてもらうことだよ。

山田　でも、自分が惚れてなかったら面倒くさくならないですか？

安部　そうかもしんない。

山田　あれ、急にトーンが変わった。

安部　本当に、小説家って嫌だねえ。もっと素直な人がいいねえ。

山田　アハハハハハ。素直だったら小説書いてないんだって（笑）。回答、ちゃんとできたかな。

安部　詠美さん、ずっと結論言ってあげてるじゃない。優しいよ。

山田　優しくないよ、いいかげんなんだよ。（笑）

第二幕

義理の息子が道を外れそうです

ご相談

四月で高校三年生になる息子のことでご相談いたします。中学受験で私立の男子校へ進んだのですが、高校入学後に成績が下がり始めました。大学受験に差し障ると夫婦で話し合い、二年生になる前の春休みにサッカー部をやめさせたところ、夜遊びが始まり、お小遣いをたびたびせびられます。夏からは急に痩せ、気分のムラも激しくなりました。押尾学、酒井法子の薬物報道がよみがえり、「悪い薬をやっているのではないか」と疑心暗鬼の日々です。

私は後妻で、息子の実の母親ではありません。現在の夫が経営する小さな会社で事務員をしていた一四年前、息子が三歳のときに産みの母親が病気で亡くなり、「子どもの面倒を見てほしい」と求婚されました。三五歳で結婚、二年後には娘に恵まれました。血の繋がりがないことを知りながら、息子は私を慕ってくれます。息子が悪いほうへ行っているのは、私の愛情が足りないからでしょうか。このことは夫には話せておらず、すがるような思いでお手紙させていただきました。どうかアドバイスをお願いいたします。

昭和のお受験、カンニングの風景

安部　今日もキレイだね。
山田　ありがとうございますッ。なんか飲みましょうよ。何がいいですか。
安部　気取った飲みもの。
山田　じゃあ、ウォッカソーダ。
安部　ウイスキーはやんないんだ。
山田　飲めないんですよ。昔、新宿のゴールデン街に勤めていたとき、散々安いウィスキー飲みすぎて嫌になったのかもしれない（笑）。あの当時ホワイトだったから。
安部　ホワイトが七三〇円の頃知ってる？　トリスが三四〇円だったの。
山田　私が高校生のときに、トリスは自動販売機で売ってましたよ。
安部　俺たちはトリス欲しさに、みんなでお金出しっこしても三三〇円しかないと、近くの公衆電話に行ってお金落ちてないか探してた。
山田　もう時効だから言っても良いでしょう。私、高校一年のときに生徒会の副会長やってて、生徒会室のロッカーにトリスの空き瓶隠してて見つかったの。生徒会長に呼び出されて「君、開高健のファンじゃない？」と聞かれて、「そうです」と言うと、「言わないでおいてあげる」って（笑）。……ほら、今日はちゃんとやるんですよ、悩み相談を。（笑）

安部　これさぁ、あなたどう思う？

山田　この息子、受験のときに、「無理してもいいからワンランク上を目指しなさい」と親に言われたんだと思うのね。すべてはそこから始まってる。

安部　俺！　それ、まさに俺！

山田　って言われても。

安部　麻布中学の受験のとき、俺、願書出しに行って、頭のいい子が来るまで待ってたの。ついて入れば、かなりの確率でそいつの後ろに座れるわけ。そうしたらね、答案用紙の下のほうが見えるんだよ。

山田　アハハハハハ。携帯のない時代の原始的なカンニング方法ですね。

安部　ねっ！　朝早くから、頭のいいやつがまだ来るはず……って待ってんだけれど、だんだん人が途切れるの（笑）。そしたら、橋本龍太郎がね。

山田　来たんですか。

安部　あの頃とっても珍しい、黄色いカーディガンを着た可愛い子がトコトコ来たの。もうしょうがないからこいつにしようと思った。今でも覚えてる。あいつの受験番号が一〇七三番で俺が一〇七四番、まんまと後ろに座るんだよ。ところが、可哀想になって背中ついて教えようと思ったぐらいできないの。（笑）

山田　今だから笑えるけど。（笑）

安部　発表の日、合格者二五〇番までが成績順に貼り出されるんだけれど、俺は補欠の三番目で、四番目に父ちゃんが大蔵省の橋本。まさか偉い人の息子だからって、俺の頭飛び越えて繰り上げになることはないよなと、ホッとするの（笑）。昭和二五年の話だよ。

山田　その当時に受験があるところに入るのは、お坊ちゃまでしょ。

安部　東京中が焼け野原で、六本木の坂道から首のばすと溜池が見えた頃だからね。新制中学は校舎も机も椅子もなければ教員の数も足りないから、焼け残った私立中学が狭き門で大変なことになった。

ステーキを目指した青春の挫折

山田　私は地方で育ってるから、中学で受験は考えられない感じだった。で、どこで道外したんですか。その麻布に入ってから。（笑）

安部　入学して二ヵ月ぐらい経った頃に中間試験があって、平均点で席次がつくの。残酷な数字がね。俺はもう小学校で送辞も読めば答辞も読めば、学芸会の開会の言葉なんていうのも俺の役目だしさ。

山田　絶好調。（笑）

安部　したらね、「三八番」と書いてあるの。四五人のクラスの中で三八番目。後ろに七人しかいないんだよ、ほとんど劣等生だよ。あれが最初の挫折。

山田　七人もいるじゃないですか。
安部　それでグレたんだと思うの。
山田　結構、安いグレ方ですね（笑）。でも、そこが〝男の子〟って感じがする。男性編集者たちを連れて実家に行くと、うちの父も自慢するんです。「僕は神童と呼ばれたんだけど、皆の前で鉄棒やって頭打ってから凡人になった」って。あ、またか〜って聞くんだけど。
安部　他の子たちは、中学になったら将来何になるかってのを決めるわけよ。圧倒的に多かったのは建築家。みんなバラックに住んでたときだからね。あとは、食糧事情が悪いから、農園主だとか酪農家になるぞとか。それで俺も、考えたんだよ。人が挽肉食べるときに俺はステーキ食うんだから、なんか才能を見つけなきゃいけない。
山田　その、挽肉とステーキ比べるところが男の子（笑）。当時、「物書き」という選択肢はなかったんですか。
安部　中学二年のとき、親類のおじさんが岩谷書店というのを始めるの。そこの『宝石』って雑誌は年に一回、「新人二十五人集」という増刊を出すわけよ。江戸川乱歩も選考委員で、中二の俺は一所懸命書くの。
山田　すごいですね。
安部　俺の知ってる江戸川乱歩は『盲獣』だとかスケベな小説ばっかり書くおじさんだか

ら、腕によりをかけてスケベなのを四〇枚書くの。『悪血』という小説。すぐに「選ばれたので編集部においでください」と連絡が来て、俺、制服のまま喜んで行ったらね、一番奥の席にいた江戸川乱歩が一目見るなり、「嘘つくな」って。本当に俺が書いたとわかると頭を抱えて、そこに遊びに来た今日出海《こんひでみ》さんに「日本はアメリカには滅ぼされなかったけど、こいつらが大人になった頃、滅びる」って。

山田　格好いい〜。イエ〜イ！

安部　今先生もザーッと読んで、「この子は心の病だ」。（笑）

山田　当時は健やかだったでしょ。

安部　まだ郵便局で働いてる頃の笹沢左保先生なんて、「これ中学生が書いたもんだから、君ちょっと読んでみろ」って見せられたみたい。「あれ書いたの、お前だったのか」って、俺のペンネームまで覚えてたもん。

山田　なんてペンネームだったんですか。笑いそうな気がする。（笑）

安部　あの頃、ゴーゴリの『タラス・ブーリバ』が好きだったの。だからブーリバで、風利馬。格好いいだろ。

山田　ちょっとヤンキー。（笑）

安部　江戸川乱歩は『悪血』をボツにしてそれっきり俺にはハナも引っかけなかったけど、今先生は親切な方で、「君、何か書いたら私のところへ送ってきなさい」と言ってくれたの。俺は少年院からも、書いたものをあの方が住んでいらした鎌倉の二階堂に送った。丹念に朱を入れて送り返してくださったよ。

山田　なんて素晴らしい経験！

安部　君んちのお父さんにも鉄棒から落っこったという原因があったように、俺にも数限りない挫折があったわけ。

山田　挫折が早すぎたんですね。

日本に独特な〃義理の母〃の遠慮

安部　そうしたら安藤昇が「男を売る稼業を修業してみないか」って。〃男を売る稼業〃って言われると、頭ん中には幡随院長兵衛、国定忠治、清水の次郎長……、悪いのは出てこないよ。

山田　その頃って、高倉健のヤクザ映画なかったんですか。

安部　まだその前。ヤクザになってすぐ、度胸がない、博才《ばくさい》がない、それ以上に親分や兄貴が「カラスが白い」と言ったら「白うござんす」って言えない自分を知っちゃうんだね。向いてないのは二十歳《はたち》前にわかってた。けど、もうその頃は少年院に行ったりなんかして、前科・前歴山のようにあんだから。

山田　その時に今日出海さんと会ってればよかったね。

安部　詠美さんもね、もう一〇年たつと一つ真理がわかるよ。いいお医者に巡り合うのは運だって。
山田　アハハハハ。でも、一番はいい奥さんに巡り合うかでしょ。
安部　当人が横にいるんだから、「今のが一番」って淀みなく言うさ。けどね、あんまり淀みなく、斎藤佑樹みたくいいお答えをしちゃうとさぁ。
山田　ハンカチ王子の斎藤佑樹の年で言うのと安部さんの年で言うのは、違います。
安部　そうだよッ。
山田　って（笑）。私たち、悩み相談してるんですからね。安部さんの経験を踏まえると、ちょっと無理めな学校に入っちゃって、そのうえ彼の礎《いしずえ》であったサッカーをやめさせたのがよくなかったんだよ。
安部　いや、違う。サッカーやっててもボクシングやってても野球やってても映画研究会入ってても、結果は一緒だよ。
山田　あ、それはそうかも。
安部　一番の問題は、斎藤佑樹ではなくなってしまったことさ。
山田　本当にサッカーやりたかったらやめなかったと思う。ただね、道を外れない子なんていないんですよ。むしろこの早い時期に……。
安部　でも、それは詠美さんと俺が言うことでね。四五人のクラスでヤクザ者になったのは俺だけだし、副親分をやってたあなたの高校でも小説家になったのは詠美さんだけでしょう。

山田　ああ、そうですね。

安部　一番大事なのは、この少年に強烈な愛を根づかせなきゃいけないってことだよ。今のままでは、この人柄のいい母親は後妻だっていうことも加えて、愛ってものを勘違いして性欲盛んなシャブを覚えたばかりの少年とセックスをしちゃうよ。

山田　この母がですか？　私はこれは日本独特の悩みだと思うんです。日本って血の繋がりを重視するから、おかしくなる。彼女は義理の母だということで気をつかっているけど、「私はあなたのお父さんの妻であって、実の母親ではない。でもあなたを愛してきた」と息子に伝えたらいいんですよ。

安部　確かにそうなんだけど、毎日ちっちゃな家にいて、息子はネタが切れるとカリカリするし、そこに愛の大切さを漠然としかわかっていない心優しいおばさんがいたら……。

山田　ほっとかない？（笑）

安部　「コンドームはめるからお願いだからやらせてくれ」って姉さんに言って、ひっかかれたやつがいるの（笑）。俺じゃない、俺じゃないよ。

山田　俺だって聞こえます（笑）。私はこの母親に問題があると思う。私も昔、ボーイフレンドの息子と三人で暮らした時期があるんです。自分の息子のように育てようとしたけどどうしてもうまくいかなくて、「私はあなたの母親じゃなく、あなたのお父さんの恋人だ」ってスタンスをとったの。ドライに割り切らないと無理だと思ったから。

安部　この母親、割り切れると思う？

山田　でも、割り切らないと。お金も渡してるわけじゃないですか。男に余計なお金と余計な暇を渡したらロクなことにならないですよ。

安部　だから俺、ポケットの中に今、一万四〇〇〇円ぐらいしか持ってない。銀行のカードも全部女房に取り上げられて、今はね、Ｓｕｉｃａしか持ってないの。

山田　Ｓｕｉｃａも一万円ぐらいは入ります！

安部　『日刊ゲンダイ』は買えるし、煙草も買えるけれども、キャバレーでパーッてわけにはいかないいんだよ（笑）。そうなの、経済封鎖。イラクも北朝鮮もみんな困るんだ。

子どもにつけ込まれるな

山田　この息子に対しても、「やりたいことがあるのなら、高校やめてもいいから自分で働け」っていうスタンスをとらない限りは駄目だと思う。それが嫌だったら親に従えって。もう三年でしょ、高校卒業したらすぐに働けるじゃん。書いてないけど、この家はきっと経済的に余裕があるんですよ。息子も家にお金があることは知っているから、甘えてる。

安部　もちろん息子も、家は豊かなんだって承知してるよ。

山田　とにかく一回ちゃんと話したほうがいい。話さないとわかんないよ。

安部　俺たちが小学二年のときに戦争が終わって、音楽が変わり、野球も覚えた。アメリカ映画を観に行ったら、将軍が部下を前に戦う理由と戦術を話して、最後に必ず「Ａｎｙ ｑｕｅｓｔｉｏｎ？」って聞くんだよ。それを見て、なんておしゃべりな将軍だろうって子ども心に思った。そういうことは俺たちの世代の日本人にはなかったんだよ。でも、この世代にもないらしい。民主主義じゃないよ。グレた子どもに、「どうして私の思ったようになってくれないの？　他に面白いことはないの？」と聞いていけば、このお母さんの知りたい答えが出るじゃない？

山田　安部さんのお母さんは、息子がグレていく過程でどうされました？

安部　俺が鑑別所に入って、お袋は親父の親類にいじめまくられてた。「一族の中でグレたのはお前の息子だけだ」って。お袋はただただ申し訳ながるばかりさ。帰ったら「どうしたらヤクザをやめておくれだい」と聞くから、日本一の親分になるつもりだった俺は、滔々と、ヤクザの社会的必要性を説いて……。

山田　そっちかい。（笑）

安部　お袋が困り果ててるから可哀想になって、「プロ野球の選手になれたら、ヤクザやめるかもしんないぜ」って、言ったの。そこからお袋の活躍が始まった。別当薫の女房だという下級生を探し出して、会いに行き、「息子の野球がどの程度のもんだか見ていただけないでしょうか」って頭を下げるのさ。言われたほうも迷惑な話だろうけど。

山田　アハハハハハ。

安部　別当薫さんは、小豆島の自主トレに誘ってくれるの。俺、硬式のバットを二本買って、グラブも靴もちゃんと磨いて小豆島へ行ったよ。そしたらねえ、隣のケージで打ってる若い選手の打球の速さが、俺とはまるで大人と子どもほど違うんだ。それが、榎本喜八って、後に大選手になった男だよ。別当薫は「契約金もあげられないし、給料は七〇〇〇円だけどもスプリングキャンプに来てもいいよ」と言ってくれたけど。

山田　恐れを知ったとか……。

安部　安藤組のチンピラでも、その頃七〇〇〇円なんてもんじゃないよ。寮費が三五〇〇円だって言うんだよ、七〇〇〇円から三五〇〇円引かれたら三五〇〇円……ねっ……。

山田　そんな悲しい声。（笑）

安部　その頃、俺の吸ってたショートピースは十本五〇円で、煙草も吸えない。あれがせめて一万五〇〇〇円って言ってくれたら、俺やってたと思うよ。

山田　そういう話？（笑）　私は、このお母さん、傷ついてもいいから一回腹を割って息子と話さないと駄目だと思うのね。私は途中で面倒くさくなって関わるのをやめましたけど、子どもってズルいの。本当の親じゃないからというんで、どんどんどんどんつけこんでくるところがあるのね。

安部　あるな、絶対ある。
山田　子どもってサバイバル能力がすごい。この子が父親にお金をせびらず、母親にせびるのは、義理という負い目があることを知ってるんだよね。
安部　猫や犬と一緒でね、人の顔色は読むし、気配察するし。ズルいんだよ。
山田　それに、この家族には会話がないですよね。お母さんがお父さんに、こういうふうで困ってるという現実をちゃんと伝えないと。
安部　この女房は、とりあえず亭主と一緒に、困難に立ち向かうべきだよ。
山田　それが面倒くさいんなら、このままいくところまでいっちゃったほうが、息子のためにもいい気がするけど。

本を手に取ってみよう！

安部　困った事態に陥って、安易に山田詠美さんや俺の知恵を聞こうとするなってこと。ましてや学校の友だちなんかに聞くな、と。一番の味方の亭主にまず事態を正確に話して、それから坊ちゃんを呼んで、お互いの想いを語り合いなさいと。
山田　意外にまともなモラリスト的発言ですね、それ。
安部　それで答えが出なかったら……。
山田　俺のとこに来い？

安部　答えが出なかったら、次の段階に移るまで。このまま安部譲二みたいになっちゃうのがいいんなら、そのままそのままだよ。ね。

山田　安部さんになれたらいいけど、安部さんは稀有な人なんだから、この子はなれないよ。安部さんの場合は、今日出海や江戸川乱歩との出会いが今に通じてるわけじゃないですか。

安部　本当のこと言えば、運がよければすべていいんだよ。ねっ。でも、それを言っちゃうと身も蓋もない。もっと真面目に考えなきゃ。

山田　あなた方二人にそういうこと言われても、って人は多いと思うんですけど（笑）。でも、確かにそうなんです。どんな人と会ったたって、それが後に生きてくる人とまったく生きていない人がいるわけだから。とは言え、こんな恵まれた坊ちゃんにはあんまり同情できないな。……波風立てないようにやっているお母さんがいけないのよ。ブチ切れればいいの！「いい加減にしろ。私はあんたのことを面倒みてきたのよ〜っ」って、物を投げつけるとかさぁ。

安部　そうやってブチ切れられる詠美さんみたいな人は、日本ではまだ稀なんだよ。

山田　唐突かもしれないけれど、私、この人たちの不幸って、本読んでないことじゃないかと思うんです。私が小説家になったのも、「なんか辛いことがあってもこの人よりマシだよな」って思える日本文学が山ほどあったからなんですね。安部さんも中二で作品を書いたのは読書体験の賜物で、それが今に通じてると思う。私よく言うんだけど、二〇歳になって野球選手やろう、バレリーナになろうと思ったって駄目なように、読書体験も小さいときから知らないうちにトレーニングされていくもの。

安部　俺、空襲が激しくなって、熱海のおばあちゃんの家に疎開するの。それで熱海の小学校に入るんだけど、土地ッ子にいじめられて、学校に行かなくなっちゃったの。そうしたら、うちの親父とおじちゃんが残してったおっきな本棚があった。だから小学校一年生から、子規全集と漱石全集を全部読んだよ。

山田　私も転校生のいじめられっ子で、そのときは本に逃げ込むことしかできないと思っていたけれど、何の役にも立たないと思ってたその読書体験が今に繋がってる。本読んでいて、絶対に悪いことない。

安部　けど、今の段階で、この母ちゃんや父ちゃんに「もうちょっと本読め、コラ」って言ってもちょっと手遅れだよ。

山田　でも、手遅れなりに私たちだけでも言っていきましょうよ。「本を読んでみよう」って。私たちは、三〇歳、四〇歳になって、小さい頃に本を読んでいたのが何かの起点になって、人生や価値観がクルッて変わる瞬間を経験してきたんだから。

安部　詠美さん、あなた、ほんと優しいねぇ。

第三幕

女としての「センス」がありません

ご相談

三〇歳独身、スポーツジムのインストラクターです。大学の同級生と卒業後につきあい始め、八年が経ちました。

先日、女友達に「三〇歳の誕生日のプレゼントが信楽焼のぐい飲みだった」と言ったら、「絶対に愛されてない！」と断言されました。皆が話す高級ホテルで過ごす記念日やブランドもののバッグの贈り物も、私には無縁の世界です。セックス面でも、「イッた」経験がありません。「めくるめく世界」なんて絵空事と思っていましたが、友達によるとそうでもないようで、疎外感を覚えるのです。しかも、仕事上ジャージで過ごす時間が長く、ファッションにも関心が持てません。こんな私は、女として変でしょうか？

この四月に帰国するまで、彼は、二年間海外赴任をしていました。実は、赴任前に「結婚して」と言ったら、「絶対ヤダ」と断られました。二年の間に電話は五回ほど。私は今でも結婚したいのですが、別れたほうがいいでしょうか。恋愛も、セックスも、洋服もセンスがないのかも――と、この年齢になって悩んでいます。

いきなり結論!?「愛されていない」

山田　安部さん、何をお飲みになりますか。
安部　焼酎ある?
山田　あります。何がいいですか?
安部　いちばん好きなのは芋だけど、麦でもいいよ。オンザロックスで。
山田　じゃあ、私は白ワイン。
安部　この年まで生きててさ、知識が欠落した分野ってあるじゃない。その一つがワインなの。ワインはいくらだかわかんないのをいただいても美味しいの。困る。(笑)
山田　私も、実は今、同じ状態。デビューしたのがバブルの頃だったから、高いワインをいっぱい飲んで、すごくうるさくなっちゃったんです。一時は、エチケット(ラベル)を剝がして記録をつけてたくらい。ところが、あるときフッとバカバカしくなって、大事なのは誰と飲むかだな、と思ったの。それからは、何も気にしなくなっちゃいました。
安部　たしかにね、大事なのは飲む相手だったり、飲む場所だったりするんだよね。俺なんか、ワインの飲み始めがカリフォルニアで、いちばん安い、一ガロン八九セントから。
山田　美味しければいいじゃないですか。安部さんは、三月一一日の地震のとき、何なさってました?

安部　聞いてよ！　詠美さん。俺んちは三階建てで、俺の仕事部屋は一階なんだよ。俺、仕事してたんだよ。そしたらグラグラッてきて、今まで経験したことのないほどの揺れだったの。猫と一緒に二階にいた女房が、インターホンで「あなた大丈夫？」と聞いてきたけど、ひょっとしたら潰れていたかもしれない。

山田　みっちゃん（注・安部さんの妻の美智子さん）と猫は助かる。（笑）

安部　けどね、詠美さん、阪神大震災のときも、人間の運・不運は分かれたの。俺の友達なんて、当時、六〇過ぎのジジイだったけど、若い女がいて、一八万円のベッドが欲しいって言ったから買ったんだ。

山田　中途半端な値段。（笑）

安部　買ってしばらく経ったら、女が若い男とできちゃった。関東の男だったらコンチクショウで家に帰ってくるじゃない。けど、さすがは関西人だよ、ベッドをわざわざ自宅に持って帰ったんだって（笑）。そしたら女房が怒ったから、しょうがなくヤツは二階に運び込んで、一人でベッドに寝てた。女房は一階。そこに地震が来て本棚が倒れてきたけど、一八万円のベッドだからよくはずんで、ヤツは床へ落っこちて助かった。女房は一階で死んじまったんだ……。

山田　奥さん、可哀相……。でも本当に、ここで何かを選択したのが運命の分かれ道、というのはありますね。

安部　運のいい人たちの話と運の悪すぎる人の話と、いっぱいあるんだよ。俺、詠美さんとお目にかかると、はしゃいで雑談ばっかりしちゃうから、仕事しよう。仕事！　仕事！
山田　珍しいね、自分から言うなんて（笑）。これはねえ、最初に結論言うと「愛されてない」。この相談者は、愛されていません。

勘違いしていませんか？　結婚願望と就職願望

安部　俺も最初っから言うよ。惚れても惚れられてもいねえのに結婚するっていうのは、結婚じゃなくて就職だよ。結婚を就職と間違えてるよ。
山田　っていうか、まずこれは信楽焼のぐい飲みの問題じゃありません（笑）。私、二月が誕生日だったたんですけど、ボーイフレンドからもらったプレゼントは焼酎を熟成させる甕だったんですよ。（笑）
安部　そりゃあいいね。ただあれはどこかの国で使ってた〝し瓶〟のことが多いから（笑）、気をつけたほうがいいよ。
山田　アハハハハハ。（グラスを合わせながら）いただきま〜す。お元気なお顔を見て安心しました。私、地震の瞬間、男の子と手をつないでＤＶＤ見てたの。
安部　「手をつないで」なんて嘘ばっかり。ヤッてたんだよ。（笑）
山田　そしたら、彼が「一緒に死のう」って言ったんですよ。（笑）

安部　自分も、死ぬ死ぬって言ったんだよ（笑）。絶対そうだ。けどさ、そんなこと言ったら活字になんないから、「手をつないで」って。
山田　あんな真っ昼間からしてませんよ。（笑）
安部　もう「安全保安院」みたいなこと言うんだから（笑）。俺んちは地震で、一八万円のパーテーションが倒れて壊れちゃった。
山田　それも一八万円なの？（笑）　うちは、観音開きの食器棚に入れておいたリーデルのワイングラス、ぜ〜んぶ飛び出して、割れちゃいました。
安部　今ね、俺んちは食器棚とかなんかに全部お箸が刺してあるの。開かないように。
山田　私のうちは、部屋の扉が全部開かなくなっちゃってた。両扉の頑丈な本棚に入れてた中上健次さんの全集なんかが全部飛び出しちゃって、ドアの内側のあちこちに散らばっていたんですよ。中上さんたら、死んでも凶暴で。（笑）
安部　やっぱり……（と、何か言いかけてやめて）。さあ、仕事しよ。
山田　これ、二年の間に電話が五回だけなんて愛されてないに決まってるよ（笑）。しかもちゃんと彼に言われてる、「絶対イヤだ」って。
安部　この人きっと、結婚したいだけなんだよ。そう思わない？
山田　今時珍しくないですか、このタイプ。しかも友達も古いよ。誕生日のプレゼントが高級ホテルとかブランドのバッグって、バブルのときの価値観じゃない。この女友達はたぶん彼女を、自慢するための駒として持ってるだけ。本当の友達じゃないよ。

安部　俺もそう思うけど、この本を読んでくれている読者に、「やっぱり詠美と譲二はいいことを言う。苦労した人たちだわね」って、こう思ってもらうためには……。

山田　それ、「安全保安院」。

安部　俺、カツラじゃないもん。あのね、この頃、自分の髪の毛がなくなったので、一目で人の髪の毛の異常に気がつくの。俺、「あいつシャブやってる」っていうのも一目見りゃわかるんだよ。だから、テレビ見ながら、「あ、やってる」「やってない」「あ、今やめてる」って女房に教えるの。

山田　そのスキルは、警察に提供してください（笑）。でも今度、一緒にテレビ見ながら教えてほしい。（笑）

安部　手つないで見よ。（笑）

「つきあう」って何？

山田　（隣に座る美智子さんを見ながら）安部さんも、みっちゃんと手つないでるでしょ、いつも。

安部　俺たち、二五年も一緒にいるんだよ、もう手なんかつかむ暇ない、いきなりチンポコつかむよ。

安部（妻） 支えてるんです、介護みたいなもので。

山田 うちの父と母は若い頃はしょっちゅう手をつないでいたのに、しばらくそういうことがなくて、また老年になってから手をつなぐようになりましたよ。妹は「ママは愛されてるんだね」と言うけど、私は「そうじゃないだろう」と。母に先立たれたら、父はどこに何があるかもわからないから怖いんだと思うのね。

安部 本当、そうだよ。俺、地震なんかあったら一階の部屋に置いとけないと思うぐらい、女房を大事にしてるんだよ。何でかと言ったら、今日だって、出てくるときに、「下着は替えたばっかりね」って言うから「うん」、「靴下に穴開いてないわね」「うん」、「お財布は持ったわね」「うん」……今こいつが死んじゃったらね、どこに貯金があるのか、俺、何にも知らねえもん。

山田 どこも同じだね。

安部 昔の男の写真や手紙なんかをしまってあるのは「あのへんだ」ってわかってるんだよ。けどね、肝心な判子だとか通帳だとか……。いちばん困るのは金だよ。預金してたユダヤ人をヒットラーが殺したから、第二次大戦後、スイスの銀行はあんなに儲けたんだ。

山田 今回の震災でもあるんじゃないですか、そういうのって。

安部 実業家の××が巨万の富を築いたのはなぜだか知ってる？　俺、死んだお袋とおばあちゃんから何回も聞かされたけどさ、関東大震災の後、ヤツは「××家所有の土地」と書いた立て札をあちこちに立てたんだって（笑）。登記所も燃えちゃったから、誰の土地かわからない。だから今度ね、今度関東大震災があったら。

山田　「安部家の土地」って。（笑）

安部　俺の名前を書いた立て札を方々に打ってまわる（笑）。すごいだろう。

山田　すごくない（笑）。疲れるだけだよ。もういらないじゃん、奥さんも土地もあるんだから。（笑）

安部　ああ、俺、せっかく考えたんだけどなあ。

山田　ちゃんと仕事しましょうよ。いらんアイディア考えてないで。セックスのことでもこの人、悩んでるでしょ。

安部　大体ねえ、惚れてもいない男と何遍やっても、毎度ＤＶＤみたいによくなるわけはねえんだよ。

山田　大体、この人も彼を愛してないよね。だって、海外赴任していた二年の間に電話が五回で、って淡々と書いてる段階で愛してないよ。私、毎日電話とか連絡ないと嫌だ。

安部　詠美さんも女房もスタッフのお三方もみんな女だから、この部屋でたった一人の男として言わせてもらえば、きっと、この三〇歳の大学を出てちゃんとした職業がある女の人と、同じような状態に置かれてる人っていうのは、おそらく読者のご婦人方の中にも四割か七割ぐらいいると思うの。

山田　四割と七割、ずいぶん違うね（笑）。でも私も、結構いると思う。「愛してる／愛してない」の関係は人それぞれだけど、ただ、経験がない人にはいくら言ってもわからない。この人は今の関係を恋愛と思っているかもしれないけど、違うから。
安部　俺、コーヒー飲んだって、映画見たって、セックスしたって「つきあってる」って言うのは、日本語の混乱だと思う。無神経に「つきあってる」と言葉を使うだけではダメだよ。
山田　だから、前回のご相談でも言ったけど、本を読んでほしいよ。

嘘イキと本イキを見分けるのは難しい

山田　うわ、地震。揺れてる。結構すごくない？
安部　みんな怯えた顔してるけど、俺だけとっても喜んでる。
山田　違う、私が怯えた顔してるのは、家に残してるボーイフレンドが私を心配してると思って。
安部　ああ、みんな心配そうだな。俺は愛されてないんだな。俺、愛されてないってことがよくわかった。
山田　愛してますよ。でも、安部さんだけが男じゃないという話だよね。
安部　今、這ってでも家に帰ろうと思ったでしょ。

山田　一瞬ね……えへへへ。安部さんはいいよ。今、愛するみっちゃんと一緒だから。
安部　今、この部屋で、俺たった一人の男だもんね。平気だよ、仕事しよう。仕事！
山田　たった一人の男って……（笑）。それただの事実じゃん。では、「イッた経験がありません」という話をしましょうか。安部さんは、「惚れてもいない男とヤッたってイカない」って言ったけど、そんなことな〜い。愛がないほうが気楽に自分を解放できるっていうところもあると思う。（笑）
安部　嘘イキと本イキとを見分けるのがとっても難しくて、俺もその秘術を会得したのが四五ぐらいだから、嘘イキと本イキがわかりかねる……。
山田　達人なんだから、そこで逃げないでください（笑）。でも、「めくるめく世界」なんて言う友達は、嘘をついてると思うな。めくるめく世界を毎回経験できる、なんていうのは刷り込みであって、そんなことはありません！　私の友人でも、本音で話すと「フリ」してる人が多いよ。
安部　それ、女同士でしかよくわからないことでさ。ここだけの話だけど、俺、日本航空に丸四年いた間に、スチュワーデス七四人とやったの。あの頃、旅客機の中に、エコノミークラス四人、ファーストクラス三人のスチュワーデスがいたんだけど、フライト中に全部とやっちゃったこともあるよ。飛行機のいちばん後ろに、預かった洋服をかけておくコートルームがあるの。そこがいいんだよ。

山田　クラブとかレストランでも、クロークの下でやる人たち結構多いみたいよ。

安部　一四〇人ぐらい乗る飛行機だよ、そのいちばん前のコックピットにいたキャプテンがキャビンへ来て、「安部、おっきなのがバタバタすんじゃねえ」って。操縦中、いちばん後ろのコートルームでセックスしてたのがわかったって言うんだ。すごいねえ。

山田　エアポケットに入っただけなんじゃないの？（笑）安部さん、どうしてそんなにモテたんですか。

安部　それはこの前も喋ったけどさぁ、「八八兎を追う者は一兎ぐらいは得る」だよ。それとねぇ、女っていうのはね、男よりスケベなんだよ。たいてい、やらすんだよ。

山田　昔は小栗旬だったし。

安部　チャーリー・シーンとマイケル・ダグラスって、セックス依存症なんだよ。週刊誌に書いてあった。

安部（妻）　あなたも依存症みたいなところがあるわね。中毒者ね。

安部　違う、違う。俺は違う。俺は……男の中毒者は珍しいんだよ。女はね、全部セックス依存症。俺、女がいかにスケベかってことは身をもって知ってるんだよ。スチュワーデス七四人の中の一五人ぐらいは、「友達から聞いた話だと、あなたってとってもいいらしいから、ヤッて」って言うんだから。

山田　それこそ愛がないからこそ楽しめるっていうセックスでしょ。重宝されてたんですよ。そして「めぐるめく世界」なんていうのは幻想！

サッパリやめて自分を慰めてみよう

安部　幻想じゃないかもしれない。この人の友達の言うことも本当かもしれない。けど、せっかく女に生まれて、ジャージ姿で毎日過ごすなんて……。

山田　それ、私。（笑）

安部　あのさ、きっと怒り肩で無骨かもしれないけども、絶対、十人並み以上の人なんだよ。インストラクターって、みんな綺麗だもん。

山田　インストラクターなんだから、アクロバティックな体位とか自分で発明してプレゼンテーションしちゃったらいいんじゃないの（笑）。この際、もう開き直ってね。

安部　いいね、いいね。俺ね、いっぺんでいいから新体操かフィギュアスケートの女子とやってみたくてしょうがない。ねっ。

山田　私、体操の選手見ても、全然そんなふうに思わないけど……。

安部　俺ね、安藤美姫っていうのが、いちばんいい女だよ。

山田　安藤美姫宣言だね、今回は（笑）。でもさ、この人、彼が四月に戻ってきたらしいけれど、もう別れたほうがいいって。

安部　男に「結婚しよう」と言って「イヤだ」って言われてまだやらせてるなんて、哀れだよ。惨めだよ。

山田　いちばんの問題は、この人に、他人の自分に対する思惑を感じ取るセンサーがないところだと思う。彼女と私はすごく共通点があるんですよ。信楽焼のぐい飲みもらっているように私も甕もらっちゃってるし、ジャージで過ごしてるのも一緒（笑）。でも、二年の間に電話が五回なんて私は無理。つきあい始めたら、一日中電話かけあってる。死んでるんじゃないかとか、気になるもの。

安部　だからね、この男にしてみればいい具合だよ。金もかかんなくて好きなときにヤレる女。でも、「結婚しよう」って言ったときに「ダメだ」なんて言うのは小僧でさ。ベテランだったら、「うん、そのうちにね」だとか、「安全保安院」みたいな答え方をするのが普通だよ。

山田　普通は適当にあしらうものね。「絶対イヤだ」って言ってる段階で、この男、そんなに悪くないんだよね。

安部　「事情が許すようになったら」とか、「将来的には可能である」と言っとけばいいんだから。（笑）

山田　最後にきついこと言いますけど、この人、女としてというか、生きるセンスがないことが問題だよ。

安部　この優しい詠美さんに、「生きるセンスがない」って言われたこの人は可哀想。裏返しにすれば、女の七割が可哀想な人だぜ。
山田　あ、七割敵に回しちゃった？（笑）というか、この人は、きっと自分を好きじゃないんでしょ。自分を好きでなければ人を好きにもなれない、人にも好かれないよ、絶対。
安部　あ、そうかな。
山田　最近、自己憐憫ってすごい好きでね（笑）、自分のことを慰めるってすごく重要なことだと思ってる。この人、それができてないんじゃない？　それができれば、いろんなことが変わってくると思うのね。彼が日本に戻ってきても無視すればいいのよ。サッパリやめて、これまでの自分を慰めてあげようよ。
安部　今、詠美さんが女としてのアドバイスをしたんだよ。俺は男で、それも無責任の塊みたいな男だから、相談にお答えするんじゃなくて、ただの男として言うんだけど、ね。こういう人がいてくれないと男は……、余計なお金がかかってしょうがない。銅像でも建てたいよ。
山田　アハハハハハ。そっち？　そっち⁉
安部　もう、慈母観音みたいな方だよ。若い頃はこういう人がいなきゃお金がかかってしょうがないよ。女なんて、今うっかりすると一万円も二万円もお金とるんだよ。俺らの頃は三〇〇円で済んだのに。
山田　三〇〇円って！　彼女はまず、「信楽焼のぐい飲みだから愛されていない」というメンタリティを変えることから始めなきゃね。

安部　昔ね、大好きだった女の子が鳥取の海岸で拾ったっていう、白い小さな貝殻をくれたの。

山田　砂丘だから、それ貝殻じゃないですよ。多分、化石。(笑)

安部　あ〜っ。いい思い出なのに。なんてことを。俺、ずうぅっと何年も持ってんだよ。

山田　だから、それ嘘ですよ。(笑)

安部　む〜っ。

山田　でも、私もインドの旅行中に、タール砂漠で「ここは大昔、海だった。これは何億年も昔の貝殻だよ」と巻き貝を拾ってプレゼントされたときに、ちょっとグッときちゃったなぁ。なんて、二人で遠い目をしてないで、さあ、そろそろ終わりましょうか。

安部　ちょっと待ってよ。このままじゃ、身も蓋もないよな。この人、今、三〇でしょ。このままでいけば、あと五〇年ぐらいたって死んだときには、近所の公園かなんかに誰かが銅像を建てるよ。(笑)

安部(妻)　建たない建たない。

山田　アハハハハハ。建たない建たない。(笑)

第四幕

兄と結婚したい妹

ご相談

幼い頃に親が再婚し、血の繋がらない二歳年上の兄がいます。最近、兄から「もうじき結婚する」と聞かされました。それ以来、仕事が手につきません。

一三年前、私が高校二年生の夏のこと。両親が出かけて留守のときに、兄と関係を持ってしまったのです。今にいたるまで、その一回だけです。再婚した両親は幼なじみで、私も兄も、血が繋がっていないことは知っていましたが、仲の良い家族でした。就職して転勤族となった兄とは、この一〇年、会うのはお正月くらい。今年の春、東京本社に戻ってきたと思ったら、「結婚する」と……。

私は専門学校卒業後、アルバイトからアパレルの宣伝部に入り、多くの恋愛を経験してきました。でも、誰と恋愛しても夢中にはなれなかったのです。先日三〇歳の誕生日を迎え、今もつきあっている彼がいますが、兄の結婚宣言以降、兄のことしか考えられなくなってしまいました。お互いに気持ちは通じあっている、と感じます。兄と結婚したい。私は、どうすればよいのでしょうか？

一年越しの彼と、結婚するかも？

安部 どんなに好きな相手でも、夫婦なんて二五年も経つとね、飽きるよ。
山田 私とヒロちゃん、朝から晩までずっと一緒にいるけれど、今んとこ全然飽きない。
安部 飽きたらどうすればいいか、教えたげる。ねえ、猫飼うんだよ。
山田 アハハハハ。
安部 猫が一匹いるだけで、どんなに和やかに平和になることか。うちには五年前に来たんだよ。
山田 じゃあ二〇年目まで飽きなかったんだ。
安部（妻） 綱渡りだったんですね、それまで。（笑）
安部 最初、コレ（と妻を指す）が、猫はそこらじゅうで爪を研ぐし、抜け毛が多いから絶対に嫌だと言う。だから、順天堂大学の教授だかが「猫の抜け毛は更年期障害の特効薬だ」と言ってるよ、って教えたら、決め手になった。（笑）
山田 本当ですか。
安部 一度嘘つくとさ、また嘘ついた、また嘘ついたって言われるけれど、でもこれは本当のことだからね。（ここで乾杯）
山田 あ、じゃあ、いただきま～す。噂によると昨日も飲んでたらしいじゃないですか。

（笑）

安部　今朝まで。

山田　今朝まで⁉　元気～。（笑）

安部　俺、どうしてこんなに飲むんだろう。

山田　私は二ヵ月近く前からずっとお酒やめてたのね。新しい小説に取りかかるから、リセットしようと思って。それでノンアルコールビールばかり飲んでいたら、すぐにお腹いっぱいになっちゃって、体重が減ったんですよ。

安部　恋やつれかい。

山田　ううん。二人とも食べるのが好きなの。私がどんどん料理作って、彼はどんどん食べて、あっという間に八キロ太っちゃった。会ったときは〝インテリやくざ〟みたいだったのが、どんどん一休さんになってきたわけよ。ええっ、詐欺なんじゃないのって。（笑）私、さっき、プロポーズされたんだ。「こういうとこでプロポーズされたいな」って言ったら（注・対談は京都の山荘にて行われた）、「結婚しよ」って。だから「いいよ」って答えました。彼は一〇歳年下だけど、決して若くないし、私も、一回離婚していろいろ学んでるから、舞い上がることなく、地道に楽しんでいきたいなー。

安部　ふーん。

山田　彼はつきあって一週間目ぐらいから「結婚したい」って言ってたの。

安部　けどね、俺ね……。

山田　あ、水さそうとしてますね。(笑)

安部　あなたたちの後ろを二往復して囁いたじゃない。「一人に決めるな、やめろ、やめろ」って。(笑)

山田　ふっふっふっ。

安部　何も見えない状態か。

山田　ううん、馴染んだって感じ。出会ったのは一年前なんだけど、翌朝起きたら隣にいたの。酔っぱらって帰ってきたから覚えていなくて、「あなたはどなたですか」って聞きました(笑)。そこから自己紹介が始まって、それからほとんどずっと一緒にいるんだよね。本当に暮らし始めたのは半年前からだけど。

安部　どんな結婚でも、引っ越しの五割増しは面倒くさいよ。

山田　結婚は面倒くさくないんです、離婚が面倒くさいんでしょ?

安部　結婚すると、戸籍謄本が三行増えるんだよ。まず、結婚が一行、離婚が一行、再婚で一行。俺の謄本にはね……その区役所で何人かしかいない〝別紙〟が付いてる。(笑)

山田　でも偉いよねえ。私の周りで、そんなに何回も結婚してるのは、安部さんと高橋源一郎さんぐらいだよ。安部さん、今日は一緒にお祝いしてくださいね。

この相談にはお答えしたくない

安部　俺は心にもないことは言えないんだ。本当言えばね、日本中の男が、死んでくれるか、それがイヤだったらホモになれって思うぐらい嫌いなの。
山田　女は自分だけのものである。
安部　そう！　そう！　だからね、俺が若い男に対して持っているものは、どんないい青年でも嫌悪感なの。
山田　ヒロちゃん嫌われてるよ（と、隣を向く）。（笑）
安部　だってね、日本の女は飛躍的に綺麗になってるんだよ？
山田　今は誰が好きなんですか、前回は確か、安藤美姫でしたよね。
安部　あのねえ……女っていうのはね、タイムラグが大切なんだよ。英語で言う「クイッキー」ってやつ知ってる？　ズボンだけちょっと下げてやる速いやつ。
山田　「クイッキー」ってアメリカの俗語辞典引くと「ちょんの間」と出てるんだよね。
（笑）
安部　それだとね、相手は誰でもいいんだよ。ところが二時間一緒にいるとなると、俺の条件としては、ジャイアンツが嫌いな女じゃなきゃダメなんだよ。ねっ。一泊旅行する相手には別の条件が加わる。もう一歩進んで四泊五日、六日のハワイ旅行ってなったら、さらにいくつも条件が加わるんだよ。

山田 どういう条件？

安部 それはやっぱり口じゃ言えないことだよね。スケベなこともあるしさ。ねっ。

山田 安部さんのスケベなことって、あんまりスケベじゃないんだよね。

安部 ……相談に答えなきゃ。

山田 これは、私が最初に結論を言います。告白するかしないかの二つしかないんだから。しないで恋の至極の〝忍ぶ恋〟でいくか、告白するか。ただし告白する場合には条件があって、告白して断られたらお兄ちゃんの家族を祝福するという前提でしないとダメ。

安部 俺ねえ、これ、相談を読み終わってお答えを考えたくない初めてのケースなの。っていうのはね、この人はもう三〇ぐらいでしょ。なのに結婚ってものが愛に基づいて行われることだっていうのを全然知らない。

山田 でも、兄に夢中になってるわけでしょ。

安部 あのねえ、結婚っていうのは、食うために働く以外の時間を一緒にいたいからするんだよ。ね。籍入れるも入れないも関係ない。とにかく、飯代を稼ぐとき以外の時間をできるだけ二人でいたいから一緒になるんだよ。この人にはそういう意識が全然感じられない。

山田 私はそうは思わない。ただね、彼女は「誰と恋愛しても夢中にはなれなかったのです」と言っているけれど、夢中になれないことを恋愛とは言いません。この人、多分、ファンタジーなんだと思う。お兄さんに対して「落とし前」をつけないできちゃったから、焦燥感があるわけじゃない？　もう一つは、「互いに気持ちは通じ合っている」と勝手に勘違いしているところ。本当はどうかわからない。それでも、お兄さんに断られた場合は、すべてを諦めて幸せを祈る覚悟をしたうえで、玉砕すればいいと思う。もしも本当にお兄さんが彼女のことを同じように思ってたとしたら、もう突っ走ってください。

安部　詠美さんの言ったことがほとんどすべてでさ。俺みたいな野蛮な人間には、具体性がなさすぎるよ。もしお兄さんに「あなたも私を愛してる？」と聞いて、「全然」なんて言われたらどうすんだよ。迷惑だよ。まるで俺んちの猫みたいなやつだよ。猫はね、お腹がすいたときだけ、いやに人懐っこくて愛想が良くてね、顔こすりつけたりするんだよ。ご飯あげるともうどこか行って寝て、起こすと「なんだ？」みたいな顔する。

山田　それ、そのまま安部さんぽくないですか？（笑）

安部　違う。俺はもう満面の笑みで。ムニャムニャムニャ……。

山田　え？　なになに、ちょっと、ちょっと、はっきり言って。

どんな不良息子であれ愛することは欲望

安部　俺みたいに尽くす男はいないよ。女房が買物行くときは……。

山田　でも、安部さんって猫と一緒で、自分が尽くしたいときに尽くすけど、尽くしたくないときは全然尽くさないタイプでしょ。
安部　はぁ〜っ。
山田　そうやってため息ついて（笑）、母性本能そそろうと思っちゃってさ。
安部　俺ねえ、変なとこがあるんだよ。あのね……たとえば、昔の竹下景子みたいにさぁ。
山田　急に時代を遡って。（笑）
安部　みんなに好かれる女？　俺はまずそういうのと愛し合ったことがないの。
山田　わかる。安部さんの過去の恋人、四人ぐらい知っているけど、そうだよね（笑）。しかも別れた後も、誰も安部さんのこと憎んでない。子猫なんだよ。雨に濡れた子猫のフリをする。
安部　聞いて、聞いて。俺が五一歳の頃、お袋が八一歳で死んだんだよ。そしたら、アメリカに住んでるやつ以外は前妻が全部お焼香に来るの。ねっ。それでみんな同じこと言うの。「あんたに未練があって来たなんて思ったら大間違い。お母様にはとてもよくしていただいたからお焼香に来たんだ」。あれなんだろうね、女っていうのはね。
山田　そのみんなって、何人ぐらいいらしたんですか。
安部　六、七人いたよ。
山田　そのとき、みっちゃんは？

安部　受付やってくれてた。まだなんでもない関係だもん。

山田　安部さんって、お母さんの話するとき、目が潤んじゃうよね。マザコンなんだね。

安部　だって、間違いなく一番俺のことを愛した人だもんな。女房がいる前でそういうこと言うとさぁ、角が立つけどさ……。

山田　立たないよ。たった一人の人でいいから愛された記憶のある人って、全然違う。小説家でもその経験がない人は、すごく被害者意識を持って書いてるでしょ。安部さんには、そういうところがない。すごく品がある。それは、たった一人にでもすごく長い間愛されたことがあるからだと思うのね。今は、奥さんを大切にしないと（笑）。みっちゃんなくして、あなたはいないと思う、ここに。

安部　俺、男しかやったことないから女のことはわかんねえんだけど、男にとっては、女に愛されることだけがすべてだよ。

山田　愛され人生じゃん。

安部　うん。けどね、俺末っ子で、兄や姉は「お袋が三〇のとき最後に産んだ一番下の男の子だから、ちっちゃいものはトカゲだって可愛い」と言うんだ。「スパルタンに育てた上の三人に、甘やかした一人っていう構図があって、それがお前の不良化の原因だ」って。俺は、「そうに違いない」と思ってるよ。

山田　でも、結果オーライだった。

安部　だから、よかったよ。

山田　愛するって一種の欲望だと思うんですよ。だから私、安部さんのお母さんって、ナオちゃん（注・安部さんの本名）を「しょうがない」と思いながらも愛したということで欲望をまっとうしたんだから、幸せだったと思いますけどねえ。そこまで愛する対象があるということ自体が幸せだよ。

安部　けどね、親父が末期がんで声も出なくなっていよいよ死ぬっていうときが、講談社の『IN★POCKET』って雑誌に俺の短編が載り始めた頃で、お袋がそれを広げて「直也ももう大丈夫ですからご安心なすって」と親父に見せたら「うーん」って首振るんだよ（笑）。首振りながら死んじゃった。親不孝だねえ。

小説書けばいいんです

山田　私は全然親不孝だと思わないよ。やっぱり、女に恵まれてるんだよ、安部さんは。

安部　それは言えてるよね。

山田　安部さんがチャーミングだからじゃない？　覚えてもいないと思うけど、出会った頃に『週刊現代』の大パーティーがあったのね。私が時計の指輪をしてたら、安部さんが「可愛いね」と言ったから「あげる」って言ったの。そしたら安部さん、自分のオメガの時計を私に巻いてくれて、「これ詠美ちゃんにやるからよ」って。私、嬉しい～、なんて

素敵な人なのと思ったの。時計は、当時つきあってる男の子にあげちゃったんだよね、白状するけど。（笑）

安部　覚えていない……。

山田　でも、あの頃の安部さんて、ただ者ではない雰囲気醸しだしていたよね。……私もかたぎじゃなく見えてたと思うけど。（笑）

安部　今の結婚して二十数年間で、良くも悪くも顔つきが変わったね。髭剃っててわかるもん。

山田　穏やかになったんだね。

安部　ずっと寝室が別なのは、俺が夜中にうなされて絶叫するから。相手が拳銃を額に当てて狙ってんのに、なぜか俺のは……、なんて夢ばかり見る。それに、二人連れの足音が玄関の前で止まると、跳ね起きるもんな。二人組はたいてい刑事だから……。兵隊とヤクザは足が速いほうが生き残るんだよ。一瞬の差で、生き死にが決まる商売だから。

山田　私の前の夫、ダグも軍人だったでしょ。彼も湾岸戦争のとき、うなされて「ワ～ッ」って叫んで起きることが何度もあった。

安部　俺、サイゴンが陥落する四日前まで、サイゴンにいたんだよ。日本航空の飛行機なんてもう一ヵ月も二ヵ月も前から飛ばなくなってた。何を買いに行ったと思う？　南の空軍から出るケロシンって航空燃料を三〇〇トンぐらい、日本から持ってったちっちゃなバージに入れて横流しして、それを台湾で陸揚げして石油会社に売ったの。

山田　もちろん、パーサーの仕事じゃないよね。（笑）

安部　ヤクザの仕事だよ。軍隊っていうのは戦争状態になったら無理してでも起きてなきゃいけないから、ヒロポンが必ずあるんだよ。大砲の音が近づくにしたがって彼らは何でも売るから、なんと、フランス製のヒロポンを二五キロの缶で売り出した。俺、サイゴン陥落までそれを値切ってたの。

山田　私、薬だけはダメだな。昔、そういうのやってる男とつきあって、恐ろしい姿を見ちゃったから、とてもじゃないけどできない。でも、本当は薬物依存よりアルコール依存のほうがもっと恐ろしい。日常で手が届くだけに怖いよね。

安部　俺、酒をいくら飲んでも依存症になんないのはなぜだろう。

山田　それは小説っていう力で押さえられるからですよ。私自身に関してもそう思う。

安部　そんなに書いてないよ。

山田　これから書くんですよ。

安部　はあ〜。

山田　そんなため息つかないで（笑）、相談に戻りましょう。だからこの人って、安部さんからすると、ちゃんちゃらおかしいってことでしょ。でも、私はそうは思わないの。これ、仕立てれば、三島由紀夫的な恋愛にいく話ではあるんだよね。さっきも言ったけど、告白するかしないかの二つしかないんだから、文才があったらお兄さんのこと思い続けて小説書けばいいんだよ。そしたら三島由紀夫の『音楽』みたいな作品が書けるんじゃない？

安部　もっと技術的なことを言うとね、三〇にもなって、血は繋がってないのに、兄と妹っていう戸籍上の関係をとっても大変なことのように思ってるのは、ナンセンスだよ。こんなの解消する手段はいくらでもあるんだし。なんか、あんまりにも夢見る夢子ちゃんみたいだよな。

山田　私、近親相姦の小説をいくつか書いたことあるんだけど、ドラマティックではあるんだよね、こういうことって。この人、そのドラマの中に入っちゃってるわけだから、しょうがない。私たちにはどうにもできませんね。

マレー式の結婚で狂おしく恋に燃える？

安部　三〇のわりに人生経験がなさすぎるよ。結婚たるものがなんたるか、まるでわかっちゃいない。

山田　結婚って、最初に安部さんが言ったように、片時も離れたくないからするんだよね。安部さんは毎回、そうだったんだね。

安部　俺の結婚の回数が多いっていうのはね、普通の人だったら同棲をしたり、恋をしたりするのと同じなんだよ。

山田　でも、いちいち結婚するのはなぜなんですか。

安部　みんな、八回や九回は恋をしてるでしょ。俺はヤクザだったから、いつ死ぬかわからない。わずかな金でも車でも、死んだとき残そうと思ったって、籍を入れとかねえと内縁関係っていうのは認定してもらえなかったんだよ。

山田　わかる、その気持ち……。

安部　俺、ヤクザの葬式二〇回以上やってるよ。そのときに、顔も見たことのない本妻っていうのが親やきょうだいとともに現れて、葬式のとき一番前に座って、冷蔵庫まで持ってっちゃうんだよ。それを毎度見てるとね、惚れあった女には、「離婚届の俺のハンコついたのを渡しとくから、好きなときに別れていいよ。けど、籍入れとかねえと死んだときお前になんにも渡んねえから、籍入れといたほうがいい」と言うの。

山田　それって、必ず自分が先に死ぬっていう前提で言ってるわけじゃないですか。もしかしたら女の人のほうが先に亡くなってしまうかもしれませんよね？

安部　確かにこの人（と妻を指す）の前々任者はもう死んだもんな。けど、その頃の俺は、こんなに長く生きるはずはないと思っていたからね。とにかく、この三〇女は世の中を知らなすぎるよ。幼すぎる。

山田　私は、狂おしい状態だから恋に燃えてるっていうふうに思う。

安部　詠美さんも、今は恋に燃えてる状態なんだろうよ。
山田　ううん。私は落ち着いてるよね、ヒロちゃん。でも、時々さあ、彼を見てると異常に狂おしい、もみくちゃにしてやりたい気持ちになるの。（笑）
安部　ねえ、ねえ。マレー式の結婚、やれよ。
山田　なんですか、それ。（笑）
安部　俺ね、ジェニファーに会いに行こうと、バンコクからシンガポールに向かって一人で車で走ったことがあるの。その途中、喉が渇いたから、ビアホールみたいなのに入ってったら、結婚式だったの。それでなんかとっても歓迎されて、俺、ジェニファーに持っていくお土産の中の一つをプレゼントにあげたの。そしたら、一番いい席に座らされたの。
山田　ジェニファー……誰？
安部　そしたらね、マレー式の結婚はね、式の途中でメインテーブルにいたのと三テーブルぐらいの客が、寝室で一発目を見るの（笑）。見るの。うひひひ。
山田　うひひって。（笑）
安部　あれいいなあ。
山田　安部さん、年下の私が諭すのもなんですけどー、私、彼がうつぶせでいぎたなく寝てるときにね、パンツを下ろしてお尻を見ると、カプッて噛みつきたくなるのよ。そういう原始の喜びを大切にしましょうよ、これから私たち。

安部　マレー式でやろうよ、マレー式で。

山田　まだ言ってる。大人は、秘すれば花、でいきましょうって。（笑）

第五幕

作家デビューして「森瑶子」になりたい

ご相談

五六歳の専業主婦です。大学を卒業してすぐに、高校の同級生と〝できちゃった婚〟をしました。もう子どもからは手が離れ、三年ほど前から、「市役所便り」のボランティアスタッフとして、短い記事を書いています。雑誌や新聞への投稿は毎月続けており、先日は、地元のフリーペーパーにエッセイを応募したところ採用されました。

子どもの頃から読書感想文が得意で、県で一番になって賞品のラジオをもらったこともあります。最近、幼い頃の「文学魂」が甦り、作家になりたいという気持ちが湧いてきました。私が結婚した頃、森瑶子さんが鮮烈なデビューをされました。彼女のようになりたいのです。少女時代から常に、「ちょっと変わっている」と言われ続けてきました。服のセンスも個性的と言われることが多く、近所のブティックで働いていたこともあります。でも、自分は表現に向いている、作家になるべき人間だ、と思うのです。

作家として活躍されるお二人に、ぜひ、アドバイスをいただきたく、よろしくお願いいたします。

小説を書くのは恥ずかしい行為

山田　小説、書けばいいんじゃないですか。ただし、書いたからといってプロにはなれません。(笑)
安部　詠美さん、それはわからないよ。だってつまんない小説がベストセラーになって、映画化までされる時代だよ。このオバさんだってチャンスあるよ。
山田　小説を書くのはいいと思うんだけど、「小説で自分を表現したい」なんて言ってる人はダメなような気がする。だから、楽しみで書けばいいんじゃない。
安部　書けばいいんだよ。
山田　というかねえ、本当に小説を書きたい人ってこんな相談しないで書くってば。(笑)
安部　うん、まず、一〇枚でも二〇枚でも書いて、「これはどうだ」って世に問うのが、小説家になるヤツのステップだよ。
山田　私の知ってる限り、今一線で書いている人って、デビューするまで「えっ、あの人小説書いてたの?」とみんなに不思議がられる人ばかり。出版社のパーティーにも、「小説書きたいんです」と言う人がいっぱい来るけど、書いてから出直して来いって思う。小説を書くことって恥ずかしいものだという意識がどっかにないとダメなんじゃないかな。
安部　でも、矢作俊彦なんかは違うからね。「世界で一番偉いのは小説家だ」と思ってる。

けど、そう思い込めるんだからすごいよ。

山田　矢作さんの場合、小説家が偉いのではなくて、小説自体に敬意を払ってるんじゃないですか。

安部　詠美さんは、書いてることが恥ずかしいんだね。

山田　私、デビュー作の「ベッドタイムアイズ」を書いたとき、男の家に居候してたから、キッチンテーブルで書いていて、人が来たらバスケットの中に原稿用紙を隠してた（笑）。私の友だちって、パーティーピープルで、活字なんて読むのダサいっていう人たちばっかりだったの。だから、私が「実は小説書いて賞をとったんだ。『フライデー』とか『フォーカス』とかに出ちゃうかもしれないから、もしかしたら迷惑かけるかもしれない」と親友に打ち明けたとき、彼女がなんと言ったかというと、「エイミー、字書けたんだ」。（笑）

表札書きに、若い女の子。らしからぬ二人

安部　俺ね、コレ（美智子さんを指して）の前任者が。

山田　え、だれ？　前任者って。（笑）

安部　もう二五年前の話だけど、俺は、どこからも頼まれないのに一所懸命小説を書いていたの。元ヤクザの大男が一日中家にいるんで、町内の人は「変だな、ヤクザが何やってんだろう？」と思うわけよ。それで、「ご主人は何をしている人ですか」と聞かれるので、

向こうっ気が強い前任者は、「小説を書いております」と身構えながら答えるんだって。というのは、その次にくる質問は決まって「何て本ですか」。「本はまだありません」と答えた途端にすごくバカにした顔をする、そうなったら決闘してやる、と思うから身構える、というわけよ。

山田　どうしてそこで決闘。（笑）

安部　川崎に越しても、たちまちオバさんが寄って来て「ご主人は毎日うちにいらっしゃるけど、何してる人？」と聞くのよ。で、「小説を書いています」と答えたら、「まあ、今度はうちのを書いてもらいましょう」と、何か今までとリアクションが違った。戸惑っていたら、表札を書いてる人だと思われたんだって。（笑）

山田　え？

安部　テキ屋で表札を書いて売ってる人って思われた。（笑）

山田　アハハ小説でなく表札！　空耳だね。私は直木賞をとって一週間後、当時一緒に暮らしてたアパートの名義人の男が刑務所に入っちゃったから引っ越ししたのね。手続きのために電話局行ったら、「おたくＦＡＸ入ってるけど、職業何なの？」と聞かれたので、「小説家です」と答えたら、「このへんに直木賞とった若い女の子がいるんだよ。君もそういうふうになれるといいね」って言われて、「頑張ります」って（笑）。でも、いかにも小説家然として小説書くのって、私、格好悪いと思うのね。ご相談に戻るけど、「森瑶子さんみたいになりたい」と言った段階でダメ。私も安部さんも、他の誰でもないでしょ？

安部　俺はねえ……。

山田　小説家然としてると思ってる？

安部　俺はねえ、子どもの頃、思ったよ。絶対、将来はインバネスってやつを着て……。

山田　インバネスって何ですか？

安部　インバネスってね……マントみたいなのさ。

山田　ああ、旧制高校で着てたやつ。

安部　小説家って言ったらインバネスだよねっ。

山田　いつの時代ですか、それ。高下駄履いてるとか？

安部　知ってる？　あの頃はいい時代で、編集部から編集者が人力車で原稿を取りに来るんだって。文藝春秋は人力車をやめて運転手つきの自動車にしたんだって。それと同時に、お好みによって女の編集者を取りに伺わせて。

山田　女の編集者っていうのが安部さんのポイントですね。(笑)

安部　そうすると、せかしたりなんかするのに、女の武器が使えるじゃない。

山田　昔の女性編集者には、そういう話が多かったよね。反対に女性作家が男性編集者と、というのは、あんまりないような気がする。

安部　誰かが新人の頃に、先輩の女流作家に挨拶したら、「私はいろいろヤったけど、編集者だけはヤんなかったからね」と言ったという話を聞いたよ。

山田　編集者とそんなことになるなんて酒池肉林〜って感じ。(笑)

安部　俺は男の編集者ばっかりだったの。それで、野坂昭如さんに「お前はインポだ。お前はホモだ。出版社はみんな調べがついてるから、男ばっかりをよこす」って言われたよ(笑)。けどね、小説家ってさぁ、なるんだったら一昔前だよ。このオバさんはね、スタート時点を間違えてる。

山田　この人のイメージにある小説家って、華やかな生活が前提にあるもんね。小説家が華やかだというのはもう幻想だよ。

安部　今、「演歌を歌います」なんて言うヤツがいたら、みんな「あらまあ。ラップでもやったほうがいいよ」って言うじゃない。

山田「最近、幼い頃の『文学魂』が甦り、作家になりたいという気持ちが湧いてきました」って(笑)。「文学魂」湧いてきてもいいんだけどさぁ、こういうことを恥じずに書ける段階で小説家じゃないな、と思うね。

どうでもいいことに反応する「言葉尻番長」

安部　大体俺は、小説家なんてもんじゃないんだよ。俺は、読者なんだよ。本読むのが大好きで。

山田　でも、〝作者は読者のなれの果て〟という半村良さんのいかす言葉があるんです。本を読まない人は小説家になれないよ。

安部　俺は一八歳の頃、ＩＱが一三七あったために、他の共犯はみんな家に帰れたのに、俺だけ鑑別所から少年院へ送られちゃったんだ。そういう人間が読者になるとどういうことが起こるかっていうと……。

山田　いうと？

安部　賢い読者は下手なやつのを読むと「こいつ字を知らない」「あっ、馬鹿」なんて思ってるだけで影響されないんだけど、「うん、すごい」と思ったものには、どんどん近づいていっちゃうの。小説家はみんなクセがあって、たとえば司馬遼太郎は散歩することを「ひろう」って書くのよ。それ、真似しちゃいそうになる。

山田　安部さんも「言葉尻番長」だよね。私もそうだもん。

安部　つくづく俺が一流の読者であって一流の小説家たりえないと思うのは、素晴らしい小説家の文章に似ちゃうからなんだよ。

山田　それは、恐れを知ってるってことでしょ。そういう種類のことすらわかんない人たちって山ほどいるじゃないですか。

安部　ある作家は、「朝ご飯、お昼ご飯、夕ご飯、晩ご飯」と書けばいいのに、「食事」を連発して、「女性」と「男性」を繰り返し書く。そのうち「陰茎」と「膣」なんて言い出すぞ、なんて思うわけよ。

山田 そういえば、男性のあの部分と女性のあの部分、何て書きます？

安部 困んのよ。困んのよ……。

山田 私、意味を持たせたくないから「性器」って書くんだけど。

安部 おめことちんぽこをどう書くかっていうのはさ、俺の場合は、一回ごとに違うと思うんだ。ねっ。

山田 なるほど。

安部 俺、医者や区役所が使うみたいな日本語使いたくないっていう気があるのね。

山田 外専の小説書いてたときはディックとプッシーでよかったんだけどさ、日本人のこと書くとき何て書くんだろうと思って。（笑）

安部 俺はご飯のことを「食事」っていうのが大嫌いなの。

山田 私ときどき、書かないけど言うな。

安部 「食事」っていうのは兵隊の糧食か、懲役のエサだよ。

山田 私は慇懃無礼を演出するときに使う。「お」をつけて。

安部 字が一つ増えるけど、「夕ご飯」とか「朝ご飯」とか、「昼飯」って書いたほうが美味しそうなんだ。おめことまんこも、どっちのほうがやりたくなるかっていうことよ。

山田 やっぱり物書いてるとさ、普通の人にとってはどうでもいいことに、いちいちいち

いち反応するよね。（笑）

華やかさの影を書いた森瑤子

安部　このご相談だけど、山田詠美さんはともかく、安部譲二あたりに聞いてみようなんていうのは、心が前向きじゃないよ。ねっ。

山田　前向きじゃないって、ある意味小説家的じゃないですか（笑）。この人、小説を書きたいんじゃなくて、「小説家」になりたいんだよね。世の中には山ほどそういう人たちがいる。フランシス・ベーコンが「本を読みたい」人と「読む本がほしい」人の間には膨大な差があると言ってるように、両者は違うんだけどね。

安部　小説書きたいヤツと小説家になりたいヤツは違うよね。

山田　あと、森瑤子さんほどバブルのときの一番哀しいものを書けた人っていないわけね。彼女がデビューしたのは子育てが終わって一息ついたときじゃなくて、子育て中に焦燥感にまみれながら、書かずにいられなくて書いた。それが作品から読み取れないなら、小説を書く資格なんかないよ。私、生前、森さんにすごく親しくしてもらっていて、あれほど哀しい人はいないし、その哀しさを美しさに転化できた人もいないって思っているんです。だから、森さんに憧れているなんて安易に言われるとカチーンとくるんだよねえ。

安部　俺みたいな雑ぱくな男が、森瑤子さんの小説だけは丹念に読んだもん。

山田　すごく年上だったけれども、死ぬ間際までお会いしていたんで、彼女がどんなものを抱えていたかというのがすごくよくわかる。華やかなものには必ず影があって、その影の美しさを書いた人だと思うのね。私たち二人とも異文化の男と結婚したので、「よかったわね、配偶者が外人で」「絶対読まれないのが、私たちの強みよ」ってよく言い合ってたの（笑）。死の間際にホスピスを見舞ったら、葬儀の写真まで選んでいた。自分で完結させるんだ、この人はと思ったよ。森瑶子って、バブルの徒花《あだばな》のような感じですごく不当に扱われてるような気がする。

安部　今うかがってて思うんだけど、何で日本じゃ小説家が儚いんだろうね。今、うちのやつに読ませたいと思って本屋に行っても、もう舟橋聖一の本が……。

山田　ないもんねえ。

安部　読ませたいと思う作家の作品は並んでいない。

山田　でも、なくても私たちが語り継ぐことはできるんですよ。こういう作家がいたっていうことを。

安部　そうだね。

山田　もし森瑶子さんが安部さんと会ってたら、きっと「詠美ちゃん、ずいぶんチャーミングな人ね」と言ったと思う。

安部　いっぺんもお目にかかっていない。俺は愛読者でしかなくて。

引き出し二段分のシノプシスの山

山田　小説を書きたい人は山ほどいるんだよ。だけど、小説って最後まで完成させない限りはな～んの意味もないし、ブツがない限り評価できないのね。
安部　けど書いてねぇ、いわゆる名のある人にひどいこと言われるとどんなに落ち込むか。俺、小林信彦さんに、一四歳のとき書いた小説を、ボロクソに言われたことあんの。
山田　それ本当に小林信彦さんでしょうね？（笑）
安部　飲み友だちが担当編集者で、そいつが「お前の小説、見てもらってくるよ」と言ってくれたの。そうしたらクソミソに言われて。俺が二五、二六だったと思うよ。
山田　小林秀雄だったんじゃない？（笑）
安部　あの頃の俺っていうのは、大げさに言ったらタンスの引き出し二段ぐらいシノプシスばっかり書いてた。このいい話、誰かに書いてもらいたいと思ってさ、船山馨さんにお手紙を書いたことがあるの。「資料のほかに一五〇枚のシノプシスもあります」。そうしたら、「とっても興味があるけど病気で死ぬところだ」ってハガキで返事があった。先生、ガンだったの。第一次大戦のとき、八坂丸っていう船がアレキサンドリアの七〇海里手前でUボートに撃沈されるんだけど全員生還する、素晴らしい話なんだよ。
山田　今から書けばいいじゃん。

安部　書いて本になったけど、売れなかったよ。（笑）

山田　多分、そのときはまだ準備ができてなかったんですよ。あらすじで満足できるんだったら小説の必要ないわけじゃないですか。安部さん自身が若くてその小説に追いついてなかったんじゃないかな。だから今こそ、それを熟成させて書けばいいんじゃないですか。

安部　けどさぁ、懲役に行ったり……。

山田　アハハハハハ。懲役で山ほど考える時間があったんだから。

安部　懲役に行ったり、夫婦別れしたり、夜逃げしたり、いろいろあったからさ、あの山ほどあったシノプシスで残ってたのが、心がけのいい女が残しておいてくれた二つだけで、あとは散逸しちゃったよね。

山田　だから今からそれを書くんですよ、その心根のいい女の残してくれたやつを。（笑）

「あの人には敵わない」から始めましょう

安部　知り合いの編集者に、自分でも小説書きたいっていう女がいたの。まだ若かったから「おい、アメリカかフランスに行って、日本人とつるまずに一〇年いろ。そうしたら英語かフランス語で小説が書けるようになる。マーケットが違うぞ」って言ったの。それで彼女イタリーに行ったんだけど、徳大寺有恒さんが心配してイタリーまで飛んでって、「俺、ガンで死ぬからやらせろ」って言ったんだよ。それが、あの人の手口なんだよ。（笑）

山田　私はデビューしたばかりの頃、『新潮45＋』の編集長に、連載をさせるから何を書いてもいいって言われたの。でも、私にはちょっと荷が重すぎると思って友だち連れで断りに行ったら、「僕はガンです。余命いくばくもないので僕の最後の仕事として連載をやってもらいたい」って。そしたら女友だちが泣いちゃって、「詠美、この人の仕事はやってあげて」と言い始めて。それで書いたのが『ひざまずいて足をお舐め』なんだけど、その編集長が亡くなったのはつい一年前だよ。（笑）

安部　だから、小説家じゃあないんだよ。

山田　えっ？　誰が？

安部　俺のこと。俺が書けなくなったのは、俺は本を読む人でね、物語を作る人には向いてないもん。

山田　何を今さら。（笑）

安部　俺ね、テレビでミュージカルの役者を見て思うの。まるで猫かヒョウみたいに音も立てずに動くなんて、本当に人かとびっくりして感動するの。つまり俺は見る人で、やる人じゃないよな。

山田　安部さんの年でそんなふうに思うのってすごくチャーミングなこと。いろいろなことを見てもそういうふうに思う、そのことを書けばいいんですよ。

安部　小説も、人が書いた面白い小説を読むっていうのは興奮と感動だよ。自分の書いたのなんか全然面白くも……。

山田　アハハハハハ。

安部　本当に、本当だよ。俺、絵もそうだと思うの。美しい絵をすごいと思って見るじゃない。あんな絵、描けそうもないもんな。

山田　それがわかるだけで、私、いいんだと思う。私も昔、小説家よりマンガ家になりたかったんですけど、あまりにもマンガ読みだから、自分のスキルがついていかないというのがすぐわかる。今でもマンガ家さんには敬意を払ってますもんね。エッセイのカバーを憧れてたマンガ家さんに頼むと、すごくドキドキするし。だから、この相談者の人にも、「森瑶子には敵わない」というところから始めてほしいんだよね。「森瑶子さんになれるんじゃないか」っていうところから始められると……。

安部　カチーンとくるんだよね、詠美さんは。（笑）

山田　どんな世界でも、「あの人には敵わない」というところからじゃないと、始まらないんじゃないかなあ。森瑶子さんも、「サガンが一〇代でデビューしたときの作品を読んで、小説なんて私には無理だと思って諦めた。でも、子育ての最中に出口がなくて書き始めたときに、サガンを思って書いた」と言っていました。その話を聞いたとき、私も、そういうことあったなって思ったんだけど。

安部　じゃあ、最後にこのオバさんに何を言ってあげる？

山田　この人、幸せなんだと思うの。こういう悩みしかないっていうこと、私、全然悪くないと思うのね。小説は、二〇歳の新人がいてもいいし、七〇歳の新人がいてもいい世界。だから、つべこべ言わずに始めたらいいと思う。ただ、プロになるのは難しいだろうけど。

安部　そう、これが正直なお答えだよね。

第六幕

整形で若返ってはダメですか？

ご相談

五〇歳の専業主婦です。大学四年生の娘が、「就職する前に整形をしたい」と言い出しました。娘は小さな頃から容姿がコンプレックスで、「自分はブスだからもてない、努力して実力をつけるしかない」と、一浪して志望の国立大学に進学。先ごろ、一部上場企業に就職が決まりました。

ところが娘は、「この顔のままでは自信をもって生きられない」と言います。働いて返すから整形にかかるお金を貸してほしい、と……。夫は大反対ですが、成人した娘がそこまで言うなら願いを叶えてやりたいと思います。

娘のことを考えているうちに、私も自分の顔が気になってきました。鏡をじっくりと眺めれば、ほうれい線がクッキリと浮き出て、目の下はたるんでいます。テレビや雑誌では、〝アンチエイジング〟が大流行。同年代の女性が若々しく輝いています。私もリフトアップすれば、少しはマシになるかもしれない、でも、周囲にバレ、「やったわね」などと噂話をされるのは耐えられない……自分の顔を見るたびに、悩む日々です。どうか、考えをお聞かせください。

エリザベス・テイラー〝クレオパトラ〟の衝撃

安部　（帽子をとりながら）さあ、ご相談にのろうか。

山田　（妻の美智子さんに髪を撫でられている安部さんを見て）あ、撫でてる、撫でてる。（笑）

安部　帽子被ってたから、髪が立ってんの。他にも立ってるとこがあるの。

山田　え、今ですか。（笑）

安部　万年。

山田　アハハハハハ。さ、相談にのりましょうよ。今日は「整形できれいになりたい、若返りたい」という話なんですけど。

安部　詠美さん、四〇年か四五年前に、その当時一番綺麗だったエリザベス・テイラーがクレオパトラになってすごいメイクしたの覚えてる？　あのときに、まだ若かった俺は映画を観て「うわぁ、お化粧すると女はあんなふうになる」って思ったんだよ。このご相談を読んでて、あのときの衝撃が蘇ってくるの。あの綺麗なエリザベス・テイラーがメイク一つでど派手なクレオパトラになるんだよ。

山田　私、デビューした頃、その映画と大して変わらないメイクしてました（笑）。ガングロの女の子たちが渋谷に出てきたとき、すごく揶揄されていたけれど、非難できない。

元祖は私だもん。

安部 詠美さんがデビューしたとき、芥川賞選考委員は自分がどんなに老いぼれたか認識しないから、詠美さんのあのメイクを見て、ただただ遠ざけるというか、嫌悪したの。

山田 アハハハハハ。あれはシスターメイクだからね。でも、もう二五年ぐらい前だから、皆さん、今の選考委員よりも若かったはずなんだよ。

安部 あなた、直木賞の授賞式に当時の亭主を連れて乗り込むんだ。やっぱり、あのメイクと服装は衝撃的だったさ。

山田 でも、遡ると、宇野千代さんが出てきたときも衝撃だったと思う。だってあのモダンガールが馬込にいたわけでしょ。

安部 宇野千代さんが師事した青山二郎さんて美術評論家の方がいたんだよ。その方が、なぜか僕をとっても気に入ってくれて、綺麗なおばちゃんと一緒にいるのさ。

山田 それ、白洲正子じゃない？

安部 違う人。あるとき、俺が若いときにエジプトで買った六ペンスの素焼きの土の壺を青山二郎さんにあげたんだよ。そしたら喜んでね。入り口に飾ってくださり、「安部、これが六ペンスだって俺に言うな」と。

山田 安部さんって、どうしてそういう由緒正しい人たちとつきあう機会が多かったの？

安部 そんなことより、ご相談の話をしようよ。

山田　私、また今日も最初から結論を言うけど、整形をするお金の余裕があるんだったら、すれば？　で終わっちゃう（笑）。それで気持ちよくなるんだったらどうぞご勝手に、という話だから。

安部　いつもながらキッパリだ。

山田　韓国では整形は当たり前だしね。この間、ケーブルテレビで韓国の番組見てたら、アイドルが「整形の疑惑あるけど？」と聞かれて、「鼻直したんですけど、どうですか？」と喋っていた。（笑）

三浦友和さんを尊敬する理由は

安部　トニー・タナカ（注・メイクアップ・アーティスト）って覚えてる？　彼は、カボチャみたいな女の子を、俺の見てる前で一五分もかからずに宮崎あおいみたいにしたんだよ。ほとんどマジック。あれだったら誰だって綺麗になっちゃう。これだけお化粧の技術が進んでる現代なら、澤穂希だって綺麗になるんだよ。

山田　彼女はお化粧なんかしなくたって綺麗ですよ。

安部　あなた男じゃないだろ、俺、男だもん。

山田　でも、心はゲイですから。私、そのへんの並のハンサムよりは味のある醜男のほうが好き。男性でも、美醜より可愛げがあるかないかというところで人の価値を決めてる人たちだっていますよ。

安部　女っていうのは、どんな〝オカチメンコ〟であろうと〝ヘチャムクレ〟であろうと、〝人三化七《にんさんばけしち》〟であろうと、微笑めば、みんな綺麗になるんだよ。そう思わない？「自転車に乗った女がみんな醜い」っていうのは、荒木又右衛門《あらきまたえもん》みたいに必死な形相をしてるから。(笑)

山田　それ、いいじゃないですか。

安部　たとえば宮﨑あおいが自転車に乗っててもいいの。けど、森三中が乗っていたらただのかぼちゃだよ。

山田　表情変えない美人女優たちより、森三中のほうがよっぽど素敵だと思うけどなあ。

安部　三浦友和っているだろ。俺の原作の映画に起用されて、挨拶に来たことあるの。そのときに、俺が「お前のことを尊敬してるんだ」と言ったの。そしたら「なんでですか」って居心地が悪そうに言うから、「お前はあの百恵さんと、やりたいときに玄関だろうとお勝手だろうと、どこででも何度でもできる、それがすごい！」。

山田　友和さん、なんて？

安部　怒って帰っちゃった(笑)。けど国立のスーパーで買い物してるとき、百恵さんとバッタリ出会ったんだよ。恭しく、映画のお礼を言われたよ。

山田　ある年の大晦日にケーブルテレビで「一二時間丸ごと山口百恵」という映画特集が

あったのね。ほとんどは友和さんが相手役なんだけど、何本か違うのがあって。そうすると、明らかに彼女は綺麗でもないし、全然やる気もなくて……。でも、友和さんと一緒の作品はすべてが素晴らしかった。『春琴抄』を観ると、「あ、この人たち、できてる」ってすぐわかる。

安部　だからね、ヒロちゃんっていうのは大変な男なんだよ。

山田　え？

安部　詠美さんが今とってもチャーミングじゃない？　生き生きして、綺麗じゃん。それは男の力なんだよ。

男にしかわからない？　ハゲの恐怖と苦悩

山田　だから、整形しなくてもいいんだよ。愛してる人が鏡になって綺麗にしてくれるんだから。安部さんもダンディなのは、みっちゃんがいるからだよ。

安部　それは、七四歳だからなの。俺も五〇までは小栗旬みたいだったの。

山田　私が最初にお会いしたとき、五〇くらいでしたよね。安部さんはずっと安部譲二ですよ（笑）。だからさ、アンチエイジングっていうの、もうやめない？

安部　その顔でその体つきでその姿で、ちゃんと男が抱いてくれて娘までできたんだから、いいよ。

山田　自分が満足したいというより、みんながアンチエイジングって言ってるから自分も若々しくいたいのだろうけれど、年をとることの何が悪いの、と私は思うんですよね。
安部　さっき、二人で通りかかった飲み屋にいたジイさんなんて、全然アンチエイジングじゃないよ。
山田　めちゃめちゃいい顔してた。
安部　ハゲのうえ、タコみたいな顔したジジイ。だから俺、「いつか、ヒロちゃんもハゲるよ」と言ったんだ。
山田　「ハゲ好きです」と答えましたけど。(笑)
安部　俺は前に髪の毛が残ってるから恵まれてるんだけど、真ん中がハゲてるんだよ。だからいつでもテッペンを見せないようにしてるわけ。
山田　なんで男の人ってそんなに髪の毛にアイデンティティを持つんだろ。私、毎月、ヒロちゃんの髪をバリカンで刈るけど、別に彼がハゲてようが何も関係ないな。
安部　七四歳だから全部喋っちゃうけど、最初は困ってカツラを買ったの。
山田　え～っ。
安部　その頃の女がバカでね、「本当は五〇万円だけど、安部さんが使ってくれるんだったら三六万円にする」と言われて買っちゃったの。
山田　アハハハハハ。安部さん、今回の相談者をくだらないなんて言えないよ。

安部　そしたら七二万円の請求書が来たの。カツラ屋呼んで事情を確かめると、「カツラっていうのは二つで一組なんです」って。(笑)

山田　なんでカツラにしたかったの？　自分の満足？　それとも人の視線が気になるから？

安部　俺、あるとき、人に「ハゲた」って言われて、鏡映してみたら本当にハゲてた。本当に死んじゃおうと思ったの。

山田　試合の途中でカツラがとれてしまったボクサーいたじゃない？　生死をさまようぐらいの真剣勝負のときになんでカツラ被ってるの、と不思議でしょうがなかった。

安部　チンポコの大きさってのは三、四回やんないと相手に聞けないかもしれないけど、髪の毛が生えたのは一目でわかる。

山田　アハハハハハ。

安部　俺のカツラは前で二ヵ所、後ろで二ヵ所、四回パチンとやると留まるの。バーで飲んでるとき、奥の席でチンピラみたいなのが綺麗なのいっぱい集めてワイワイやってんの。コンチクショウと思って、カツラ外してぶん投げると、やつらの酒の上にポトッと落ちた(笑)。俺、それで銀座のクラブを何軒も出入り禁止になった。そしたら、由利徹さんが「安部さんカツラやめたほうがいい。すぐ髪の毛が生えるものあげるから……」って。

山田　毛生え薬？

安部　髪の毛を粉にしたヤツ。
山田　ああ、〝ふりかけ〟ね。ムダな抵抗を……。
安部　そしたらね、雨が降ると顔に黒い滴が垂れてくるの。
山田　髪の毛って女性ホルモンだから、ハゲの人って体毛とかすごかったりするじゃない？
安部　俺、逆胸毛って言ってさぁ、背中に毛が生えてる。（笑）
山田　それ、北方謙三さんと一緒だ（笑）。……なんでハゲ談議になってるわけ。

世にも複雑な「愛のからくり」

安部　アンチエイジングというのは馬鹿馬鹿しいからやめろという話。
山田　と言いつつ、若い女が好き。
安部　微笑んで楽しげにしてれば、女はみんなチャーミングなんだから。
山田　でも、宮﨑あおい（笑）。私の贅肉をヒロちゃんは「プリ」って呼んでるのね。「ちょっとプリで充電する」とか言って触ったりするの。
安部　幸せだね。
山田　ごめんなさい、ごめんなさい（笑）。でも、私、可愛いとすごく加虐的になって、虐めたくなって、意地悪なこといっぱい言っちゃう。それで反省して、「私がヒロちゃんに意地悪するのは、私の愛が何かに変換されるから。私の愛のシステムってわかった？」と言ったら、「それは愛のからくりだろ」と言われたの。（笑）

安部　「愛のからくり」っていうのはタイトルになるね。

山田　ねえ、そのタイトルあげるから書いてよ、小説。

安部　整形がどっかに行っちゃった（笑）。でも、やっぱりね、女の人ってのは、若いときも年をとっても、どれだけ幸せで和やかかということに尽きるんだよ。

山田　そうですよね。心根って育てられるもので、年とったときにそれが表情に出る。美醜に関係なく幸せな顔をしてるおばあちゃんがいるもの。アグリーでセクシーな男もいるし、ものすごい美青年だけど卑しさが顔に出ている人も。私は、すごくべっぴんだけど、この人と話しても絶対つまんないという人には惹かれない。

安部　そうだよな。けど……。

山田　でも、宮崎あおいなんでしょ。

安部　ヤクザのトップは総長というんだけど、その総長でホモがいたのよ。それが五〇くらいのとき、俺の事務所に来て二人っきりになってしみじみ言うの。「年をとると大変なのよ。ジジイのあたしじゃ若い男が硬くなんないのよ」。可哀想で可哀想で。けど、おかしくない？　強面《こわもて》の総長が（笑）。大変だねえ、ホモは。そうそう、俺、若いヤクザだった頃、当時の八ミリエロ映画があんまりつまんないから、呆れ果てて自主制作を……。

山田　やったんですか。（笑）

安部　それを見に来たのが柴田錬三郎さんと半村良さ。終わってから柴田錬三郎さんが言うの。「いいもの見せてもらった。〝どんでん〟っていうのがあるんだ。エロフィルムを自分で撮り始めると、そのうち、役者に『お前どいてろ』っていうことになる。それが〝どんでん〟なんだ」。

山田　なんか小説になりそう。

安部　俺、まだ四〇前のヤクザだったけど、恐ろしいと思った。撮ってるとき、一〇万円で呼んできたおチンポがでっかいのが自慢の俳優に、「お前どいてろ」って言いたくなったから、思い当たるんだよ。

山田　ハゲと同様にオチンチンが男の人のアイデンティティになってますけど、女からしたら、まーったく関係ないから、大きさ。

安部　みんなね、そう慰めてくれるんだけど、実は違う。

山田　だってテクニックもないのにでかかったら嫌じゃん。……整形の話しようよ。

アンチ・アンチエイジングでいこう

安部　俺のカツラのような経験は、詠美さん、ないのかい？

山田　私、デビューしたときにスキャンダラスな扱いを受けて、いくらいい小説書いてもダメだって思ったときがあったのね。その頃から「早くおばあさんになりたい。宇野千代さんぐらいになりたい」とずっと思ってきたので、アンチエイジング自体にまったく関心がない。

安部　俺はカツラ被った。由利さんの粉をかけた。

山田　ムダな抵抗してきたわけね（笑）。安部さんは、みっちゃんが年をとるのは嫌じゃないでしょ。

安部　全然嫌じゃない。

山田　だから、そういうことなの。

安部　けどね、みっちゃんは、俺が一〇〇キロ超えないようにダイエットさせるんだよ。

山田　ヒロちゃんは、私の健康的な料理で五キロ痩せたよ。

安部　俺、医者に聞いたことがあるの。「ダイエットなんてのは本当につまんないことです。どんなにすごいセックスをしても、一回の消費カロリーは生卵一つ分ぐらいがせいぜいです」ってさ。きっとヒロちゃんが太んないのは、生卵六〇〇個分ぐらい、やってるからだよ。

山田　プロテインは放出してるかもしれないけど（笑）。いいじゃないですか、彼はまだ若いんだから。

安部　三〇過ぎると男は突然死ぬよ。文献によればね……。

山田　文献ってどこのですか（笑）。勝手に作らないでくださいよ。安部さんって、やっぱり男の人なんですよ。いつも言いますけど、セックスって挿入してどうのこうのだけじゃないですから。（笑）
安部　いやいや。お嬢さんばかりの場で言うわけにはいかないけど、やっぱりね……。
山田　じゃ、みっちゃんとどうしてるんですか、そこんとこを詳しく。
安部　それは俺がトイレに行ってるときに女同士で聞いてちょうだい。
山田　ずるいずるい、ずる〜い。
安部　だってね、忘れもしない、嫁に来たのは三五のときだよ。俺が五一だったんだから。その後二十数年間一緒にいるんだからさ……。
山田　よかったね、乾杯〜。っていうか、相談に着地しないと。
安部　だから女は、和やかで楽しげにしてればブスなんかいねえんだよ。
山田　それは素晴らしい。だけど、今、女性読者にウケを狙っていませんか？（笑）私は、お金があれば整形もいいけど、ただ、人の魅力ってそういうところじゃないというのが揺るぎない結論（笑）。私、早くバアさんになりたいからね。

誰かを亡くしながら人生は進んでいく

安部　俺はやっぱり、若いほうがいい。今の大臣見て、「あんな安っぽいちんぴら小僧が大臣なんかになってこの野郎」なんて思うのは、若さを妬んでるんだよ。

山田　政治家では誰が好きです？

安部　区議会議員になりそこなった蓮舫ちゃんの亭主（注・村田信之氏）。だってみんなにバカにされてるけど、たとえば閣議から帰ってきた彼女と玄関でだってやれるし……。

山田　……（笑）。私、亡くなった中川昭一さんと、意外だって言われるけど福田康夫さんが好きだな。あの人セクシーだよ。

安部　福田は、学校で一年上だったの。彼は昭和一一年生まれで、俺たちは昭和一二年生まれ。一学年二〇〇人しかいない学校だから、一年下の与謝野馨なんて、みんな知ってる。だけどあの福田だけは、「俺知らねえ」って誰もが言うよ。目立たない男で、どこにいたと思う？　園芸部だって。

山田　いや〜ん、私も中学のとき園芸部だったんです。ウフフフフ。おばあちゃん志向の私は若い頃に戻りたいと思ったことはないけど、安部さんは、もし戻れるとしたらいくつの安部譲二に戻りたいですか？

安部　一二か一三だね。

山田　お母さんが生きてて「ナオちゃん」って言ってた頃？

安部　だって、間違いなくお袋が俺をいちばん愛した人だもんな。

山田　もしもお母さんがまだ生きてらしても、そう思いますか？

安部　お袋とはケンカもしたし、いじめもしたし、泣かせもしたけど、死なれてみると「もっと大事にしときゃよかった」と思うよ。だから今の女房もね、もしかして死んじゃえばもっと大事にすればよかったたって思うかもしれない。

山田　私の年ぐらいになると周りの誰かが亡くなっているでしょ。私も親しい人を何人も亡くしてますけど、「こうしてあげればよかった」の繰り返しで、人生は進んでいくんですね。

安部　そうだよ。

山田　でも、それが長生きのメリットだと思うんですよね。そういうふうに考えられることが。

安部　詠美さんは文学者だから、人生について語るときでもゴロツキの前科者とは表現が違うの。

山田　今さら何言ってるの。（笑）

安部　俺、わかったんだよ。長生きのメリットは何だろうと思ったら、俺の場合はたった一つ、生き証人がどんどん減ってくから、どんな嘘でもつけるってこと。俺ももうしばらくしたら、「実は淡路恵子とやった」「実は奥村チヨともやった」なんて言ってみたりさ。（笑）

山田　そういう好みなんだ（笑）。だから、『愛のからくり』を書いてください。

第七幕

どうしても子どもがほしい

ご相談

四〇歳の専業主婦です。七年前にお見合いで結婚しました。私は結婚=子どもという考えだったため、婚約と同時に仕事を辞め、家庭に入りました。新婚旅行の翌日からは基礎体温を測ってチェッカーで排卵日を確認、バランスの良い食事を心がけ、体を冷やさない生活をして……。三歳年上の夫も、私の気持ちを汲んで、協力してくれました。

ところが、二年経っても妊娠の兆候がなかったので、すぐに不妊治療に入りました。それから五年。一昨年から顕微授精に踏み切りましたが、五回目でも結果が出ません。夫は「もう限界だ、二人の人生を考えよう」と言います。でも私は、どんな手段を使っても子どもがほしいのです。

「子どもは?」と聞かれることに耐えられないため、この五年、同窓会は欠席。子どもを抱いた女の人を見ると憎しみが湧き、夫との間もギクシャクしてきて、どうにかなってしまいそうです。どうか、よいアドバイスをお願いいたします。

私、結婚しました！

安部 俺、今日、来られないかもしれなかったんだよ。昨日寝ていたら、顎が上向いたまま息してるようになったから、もうダメかと思った。老いぼれだからさ。
山田 会った早々、何を言うんです。
安部 談志も死んじゃったしさ、みんな老いぼれると突然死ぬじゃない。あ、俺も死ぬのかなと思ったもん。
安部（妻） 話、六分の一ぐらいに聞いてください。
安部 本当の話をしてるんだよ。
山田 安部さん以外、この場にいるのはぜ〜んぶ女だからさぁ、同情買おうとしてるんじゃない？ あ、報告します。私、結婚しました！
安部 驚くべきことだよ。山田詠美っていう人は、おそらくそういうお役所の決めたことだとかさ、世間様の範疇に入りたがらない人だと俺は思ってたの。次の選挙は大阪維新の会か民主党に投票するよ。
山田 アハハハハ。しませんよ。
安部 結婚したんだもん。
山田 前回のときは相手がアメリカ人で軍人だから、結婚しておかないといろいろ不便だからしたんですけど、今回は結婚するつもりはなかったの。だけど、毎日のように「結婚しよう」って……。彼を安心させてあげられるんだったら、と結婚することにしました。

安部　じゃあ、名字変わったわけ？

山田　彼が山田になってくれたんです。私が名字変えるとなるとしがらみが多すぎて面倒だし、一〇歳年下の彼ならまだ身軽だからって。

安部　何はともあれ、とってもおめでたいことだよ。

山田　実家のある宇都宮の市役所で婚姻届を出して、その後、屋台村でホッピーで乾杯したの。実家に着いたら妹と姪がブーケを作ってくれていて、ちっちゃなパーティーになったんだ。

安部　おめでとうございま～す。

山田　どうも。うふふ。わーい。

安部　二回目はどんな気分だい？

山田　九回目の安部さんに聞かれたくな～い（笑）。前はアメリカ人で軍人だったから書類は多いし、身体検査や血液検査もしなきゃいけない。思想的なチェックまで入ったでしょ。それに比べたら日本人同士で結婚するのはなんて簡単なんだ、書類だけでいいんだ～っと思っちゃった。安部さんが何度も結婚した理由がわかりました。

安部　あの頃はレーガン大統領の頃で、アメリカ人軍人には婦人会のすごいプレッシャーがあったの。要するに、日本娘やドイツ娘やフランス娘にアメリカの男をとられるなっていう運動で大変だった。俺なんか、八人の女と九回結婚してる理由は、女がアメリカに行くんで、そのときに「向こうに着いたらすぐ離婚届を送るから、判押してちょうだい。じゃないと出入国審査がうるさいの」と言ったから一回別れて、また結婚したの。新婚生活はどんなもんだい？

山田　全然、何も変わらない。結婚ぐらいで変わんないよ。

安部　一回するごとに一〇〇〇円ずつ貯金したら、すぐ一〇〇万円貯まるよ。

山田　アハハハハ。何？　共同貯金なの？　それともどっちかが払うの？　誘ったほうが払うとか。

安部　俺ね、子分に勧めたの。そしたらね、女がやりたがると箱の中に「ツケ」って書いて入れるから、ツケばっかりになった。（笑）

山田　じゃ、最初っからチケット制にしたら。肩たたき券みたいに。

安部　ご両親は喜んだかい。

山田　「事実婚でいいんじゃないの？　今さら」という気の抜けた反応で、「まあいい年をした大人が二人で結婚するんだから、仲良くやってください」って言われた。うちの家族が寄せ書きをくれたのね、そこにも「末永くお二人ともお暮らしください」「大切にしてあげてください」だって。（笑）

男と女の真実「馴染むと飽きる」

安部　この頃絶えて久しくいい話がなかったけど、これはいい話だ。

山田　私の結婚がいい話なんて、ちっさ〜いって感じだけど。（笑）

安部　だって、俺はお相手のヒロちゃんを知ってるから、なおさらだよね。

山田　私より彼が喜んでましたね。いつものようにぼうっとしてるのかなと思ったら、役所ではやたら張り切っちゃってさ（笑）。婚姻届も、下書き用までもらってきて練習。用意するもののメモまで作ってあって、クリアファイルに必要なものを全部いれてた。

安部　真面目なんだね。

山田　クリスマス、ヒロちゃんに実印をプレゼントしたんだ。

安部　それはいい。俺も昔、若い衆が堅気になるときは、その当時六万円した象牙の実印をあげてたの。堅気になるっていうのはとっても喜ぶべきことだからね。（隣の美智子さんに向かって）今の俺の実印はお前がくれたんだな？　中国で作った象牙。

安部（妻）　違う違う。日本の判子屋さんで作りましたよ。

山田　象牙で思い出したけど、二〇年くらい前に、安部さんが象牙の二膳セットのお箸をくださったんですよ。それをずっととっておいたの。だから夫婦のお膳に出すことにしました。

安部　覚えてないけど、嬉しいね。

山田　なんかね、可愛いことしたくなっちゃうのよ。夫婦のお箸でしょ、あと夫婦茶碗とか（笑）。前の夫はアメリカ人だったから、そういうことをやってなくて、今回は一つ一つそういう日本のちっちゃいことをやっていきたいな、と。

安部　じゃあ、お正月はお節のお重作んなきゃ、やっぱり。

山田　あぁ、お節。面倒だから料理屋さんに頼んじゃった。（笑）

安部　ほんと、いい話だけど……俺たちはこれから大変嫌なお話をするんだよ。

山田　そう、お仕事をやらなきゃね。

安部　詠美さんはどうだろう、俺、生まれてから何千回、ナニをやってるけど……。

山田　もっとしてるんじゃない？　……って、知らないけど。

安部　だって、八年か九年懲役に行ってるから、その間は一回もやってないからね。そうなると、やっぱり三〇〇〇～四〇〇〇回だよ。

山田　少ないんじゃないですか。

安部　若いときでもなかなか年に一〇〇発はやれないよ。

山田　年に一〇〇回っていうことは、三日に一ぺん……大したことない。

安部　年に一〇〇回っていうのは、女が一人じゃ無理だよ。

山田　うん、一人の人とじゃ無理だよ、やっぱり相手変えないと。馴染むに従って飽きる

もの。(笑)

安部　俺、たまにしか会わない女で、会うたびに二時間の休憩で三回やってた女がいたの。

山田　それさぁ、三回やるんだったら、その時間で一回したほうがいいんじゃないですか。

安部　三〇歳過ぎると二回目がなかなか勃たないのよ。そしたら女が、「年ね」って。で、三八歳で三回目ができなくなった……。

山田　それは、その人に馴染みすぎて飽きちゃったんですよ。

安部　いや、それはない。名前は言えないけど、いい女だったの。

山田　っていうことは有名人ですね。女優ですか？

安部　言えない。

山田　最初の一文字だけ言ってよ。(笑)

安部　言わない。俺、普通の女にはただ「やらせてくれ」って言うんだけど、うんといい女には、一度っきりだと後ひいちゃってたまんないから、「どうか二回やらせてください」とお願いすることにしてるの。その女にも、そうお願いしたんだよ。

山田　そうやってお願いして、「八八兎を追うものは一兎ぐらいは得る」ですか？　八八人口説くパワーを一人に集中すればいいのに。

安部　バイク乗って口説いて回ったもんねえ。若い頃の情熱っていうのはすごいもんだよ。鹿児島までだって行くぜ。

山田　うん、すごいと思う。私、新しい本（注・『ジェントルマン』）を出したんですけど、主要人物の一人が、性犯罪者なんです。性犯罪者って、地位も何もなくしちゃうのに行動に走ってしまうでしょ。そう考えると、良くも悪くも性的なエネルギーってものすごいなって。

閉じて開いてパイプカット騒動

安部　性欲の持ってるエネルギーは他の六欲よりパンチがあるよ。
山田　すべての人がプラス方向に性欲を解放できたら、戦争も起きないかも……。さぁ、質問に答えましょうか。
安部　俺はね、今までの人生で女にお願いして何千発かやったよ。けど、ただの一発も、子どもを作ろうと思ってやったことがねえんだよ。
山田　え〜、水子が見えるよ、肩の上に。（笑）
安部　詠美さんは、ある？
山田　私は一度もないし、「子どもがほしい」というのが本当の愛だとは思わないですね。
安部　今度は小説家・山田詠美に聞くんだけど、女ってのはある男の子どもを産みたいと思ってセックスをすることがあると思う？
山田　むしろ日本では、そういう人が多数派だったと思うの。反対に、子どもがほしくてセックスしてるわけじゃない、という女の人たちは、ずうっと日本の男たちに糾弾されてきたわけ。女は快楽のためにセックスするんじゃなくて、「この人の子どもがほしいからしている」というのが長年の日本の規範だったもの。

安部　俺、二二のときから一緒に住んだ女がいたんだけれど、二三のとき試験受けて日本航空に受かるんだよ。そのときに「収入が安定したから結婚してやるぞ」と言ったら、「しなくていい」と言うの。聞いたら「兄が二人、敗戦のショックで頭が変になって藤沢の病院に入院してる。子どもを作るべきじゃないと思うから、結婚はしなくていい」って。俺はまだ男を売り盛りだったから、すぐに新宿のちっちゃな病院に行って、よぼよぼのおじいちゃんの医者に「パイプカットをしてくれ」。そしたら「まだ二三なんだからおやめなさい」と言われたから、拳銃出して……。

山田　どうしてそこで拳銃出しちゃうわけ？　それに、パイプカットまで行き着いちゃうところが極端だよね。（笑）

安部　無事にパイプカットして帰ったら、女が嬉しがったの。ところが四年の月日が流れて、もっと惚れたやつができちゃった。それで困って、前のと別れるわけ。

山田　それが二度目の結婚？

安部（妻）　何度目かもうよくわからないんですよ。

山田　アハハハハハ。

安部　そのもっと好きになっちゃったのと一緒になったとき、「実は理由があってパイプカットしてんだけど」と言ったら、「復元できるんだったらしてちょうだいよ」と。

山田　子どもがほしいということね。

安部　新宿に行ってみたら、手術した病院はなくなってて、ジジイも死んじゃってた。

山田　アハハハハハ。で、どうしたの？

安部　東久世のスージー（注・公家出身の東久世壽々子さん）って女がやってた「イタリアンガーデンス」っていうイタ飯屋があったの。そこのお客でスガイ・タカオ先生っていう……。

山田　よく覚えてる。（笑）

安部　慶應病院の泌尿器科の医者で、チンポコいじらせたら日本一っていう先生に相談したら、「自分が手術したんだったら、四割の確率で復旧できます。でも他人がやった手術だと復旧できません」と。

山田　そういうもの？

安部　そのへんの医者は、パイプをただ切るだけなんだけど、丁寧な日本の医者は切った後それぞれの両端を閉じるんで、ほとんど無理なんだって。でも、その先生に手術を頼んだの。四日入院したよ。切るときは二時間ぐらいだったけど、復旧工事は大変なんだから。

山田　そんな閉じて開いてみたいなことやって、男性機能に影響なかったんですか？

目の前にいる夫を大切に考えて

安部　まだ話の続きがあるの。一〇日経って慶應病院に行ったら、スガイ先生がいきなりビーカー出して、「ちょっと出してこい」。オナニーをしろって。中学以来そんなことしたことないのに。

山田　え〜、しなよ、もっと。それは別種の快楽なんだから。（笑）

安部　そしたらね、ヤマグチさんっていう看護婦。

山田　よくその人の名前まで。

安部　ヤマグチ・カヨコさんっていうすごい綺麗な人なの。彼女に、「ちょっと手伝ってもらえる？」って言ったら、「バカ者！　病院に来て何てことを言うんだ、お前は」。その先生は法医学もやっているから、机の中にあった女の死体の写真を出してきて、「これでなんとかしろ」。（笑）

山田　なんとかなった？

安部　なんとか出すの。そしたら顕微鏡で見て、スガイ先生が「おい、左のキンタマは繋げなかったが、右のキンタマだけ繋がった。右のキンタマだけで（精子が）普通の男と同じだけいるぞ。お前、大威張りだぞ。俺も大威張りだ」。

山田　え〜、威張る？

安部　そしてできたのが正二朗（注・ゲームクリエイターの遠藤正二朗さん）っていう息子なの。今四一。それ以来、一人もできないから、またふさがっちゃったのかな。

山田　一瞬でも開通したんだね。子どもかぁ。私は、子どもをほしいと思う気持ちはもちろん否定しません。ただ、だんだんそのことがオブセッション（強迫観念）になって、子どもを作るのが第一になってしまったら、まだ見ぬ子どものために、夫との生活を犠牲にすることになってしまう。

安部　俺ね、この手紙、編集者が怠慢で数ヵ月間、机ん中に入れてあったと思うの。だって、三・一一以降にさぁ、この歳でどうしても子どもがほしいって思うやつがいるかって。

山田　かえって、自分を支えてくれるのは子どもしかいないという気持ちになったのかも。ただ、この人もう四〇歳じゃない？　リミットまで五年ないよ。あと五年、焦燥感を抱えたままかもよ？

安部　福島原発の騒ぎの後でまだこんなことを思ってるってのは、レアケースじゃない？

山田　私、この夫が可哀相。彼は「二人の人生を考えよう」って言っているんだから、目の前にちゃんと生きてる人を重要視したほうがいいと思う。そのうえで不妊治療も続けて、もしもできたらラッキーっていう気持ちで考えないと。ずっとこんな考えでいたら、夫との生活で幸せになれないよ。

安部　俺、女の悪口は言いたくないけどさぁ、この相談者に対して、ダンナはいい人だよ。

山田　私も、夫がこういう人でラッキーだなと思う。反対に夫が子どもをほしいと言って、妻にすごいプレッシャーをかける場合もあるのよね。私の前の結婚がうまくいかなかった理由のひとつが実はそれ。彼が「ほしいほしい」とずっと言い続けて、私が拒むと、「君はほしくないって言ったよね？」とガールフレンド作っちゃった。そういうことを理由にするんじゃないよとアッタマきたよ。でも、男って、子育てを手伝う気もない人に限って、自分のＤＮＡ残したいのかなんなのか、やたら子どもをほしがったりするじゃない。

安部　アメリカ映画や小説にも、子どもをほしがる男っていうのはよく出てくるのさ。それはアメリカ人がとっても好きな神様に原因があるんだよ。家族は神様が与えるもの。神が子どもを与える。

山田　で、だんだん原理主義になっていくんだよね。そうすると中絶反対で過激な行動に出て、本末転倒になってくるじゃない。

安部　そうなんだよな。

ほしいものは、望みすぎると手に入らない

山田　なにがなんでも子どもがほしい、となっちゃってる夫婦って、今日ができる日といって無理矢理やるじゃない。動物としての本能がないのにセックスをするっていうのは、自然に反してると思うんですけど。

安部　まるで馬か犬を掛け合わせてるみたいだよ。俺は元競馬屋だから、すぐ、あの牡馬とこの牝馬を掛けたらどんな仔ができるだろう、とか考えちゃうんだよ。馬は大体三〜五月にサカリが来て、受胎期が人間とほぼ同じなんだよ。この相談者は、悪いけど、まるで競馬馬みたい。

山田　授かる幸福より授からない不幸を重視しちゃってる。彼女は「子どもは？」と聞かれることに耐えられないと言ってるじゃない。聞くほうも問題だけど、聞かれることに耐えられないってことがよくわからないんだよねぇ。

安部　もしかしたら、会うとびっくりするくらい綺麗でチャーミングでアトラクティブで俺の好きなタイプかもしれないよ。安藤美姫みたいな。

山田　まだ安藤美姫なの？　一回、宮﨑あおいになったのに。

安部　安藤美姫は立ってるだけでさぁ、そそられるの。

山田　憶測だけど、優勝した二〇一一年の世界選手権は、恋してる気持ちが一番いい時期に結実したという種類の美しさだったような。

安部　ご質問には関係ないけど、日本では男のいる女というのは、男が口説かなくなるの。夫がいるなんて聞いた途端に、勃つもんも勃たなくなる。だから詠美さんも、日本の男には口説かれなくなるよ。

山田　もともと日本の男にはもてないから。それに私、すったもんだが多かったから、彼

以外の人にもう恋しなくていいんだぁって思うと、なんか安心感がある。（笑）

安部　だけど日本にも、たまには俺みたいな、いい女には男がいて当たり前だろ……って言うヤツがいるよ。

山田　アハハハハハ、また、若造みたいなこと言って。さあ、結論出しましょうか。この人は考えがどんどんネガティブな方向にいってるでしょ。今、子どもができたとする。ネガティブな志向のお母さんに育てられた子どもは幸せかっていったら、私はとてもそうとは思えない。

安部　俺、なんで詠美さんを尊敬するかっていうと、今、最後に語った一言に尽きるんだよ。こんな親のもとに生まれた子どもの幸せってことを考えてみろよ。

山田　だって子どもが反抗期になったら、この人は絶対、「どれほど苦労してあんたを産んだと思うの」って言うよ。

安部　俺、このオバちゃんの息子に生まれていたら、もっとグレてたと思うな。

山田　それ以上グレてどうするんですか。

安部　そろそろ帰ろかな。

山田　こんな気持ちで子ども産んでも幸せになれないよ。子どもの重荷を増やすだけ。もしかしたら、子どもなんかいらない、夫と幸せにやっていこうと思ったらできるかもしれない。ほしいものって、望みすぎると手に入らないから。

安部　詠美さんはとっても考え深い女だな、すごい女だな。

山田　そんなふうに言ってくれても、私、人妻ですから。（笑）

第八幕

覇気のない息子にイライラします

ご相談

二六歳の長男のことでご相談させていただきます。

お恥ずかしいのですが、親から見ても「男のくせに情けない」としか言いようのない息子です。そこそこ名の通った私立大学の大学院に在籍しているのですが、今がよければそれでいい、わざわざ苦労したくない、と就職への意欲は薄い。自室でパソコンとゲームに囲まれていれば満足だと言い、女の子への興味もないようです。ある程度の世間知は身につけているため、学校やアルバイト先でも、大きなトラブルはありませんでした。

私自身は団塊世代で、学生運動もやりました。「理想があれば社会は変えられる」というのは、若さゆえの考えだったと思います。でも、あの「熱」は、社会に必要だったのではないか、と息子に言うと、「そんな暑苦しい時代はイヤだ」と。しかし、日本が二流国になろうとしている今、「生き延びる」という意志が必要ではないでしょうか。せめて、橋下徹さんの一〇分の一でもアグレッシブさがあれば……。息子に、どのように人生を諭せばよいか、お二人のご意見をお聞かせください。

平和なニッポン、危機のない生活

安部 この間、死にそうになったんだよね。手足を動かすこともできない、息を吸って吐くだけの状態になって。「ああ、死んじゃうのかな」と胸バクバクしてるときも、俺、この「人生相談劇場」の質問の回答、考えてたの。

山田 アハハハハ。それもしかして真面目なオレ様アピール？（笑）

安部 女房が「あなた平気？」なんて、熱を測ってくれるんだよね。そうするとね、ちんぽこは平気かしらって思うわけだよ。だからカアちゃんに、「おい、ちんぽこが平気か確かめろ」と言うと、とうとう様子見に来なくなっちゃった。

安部（妻） アホくさって思っちゃって。

安部 もう悲しくってさ。

山田 猫も寄りつかないんでしょ。

安部 七四歳というのはいつ死んでもちっともおかしくない年じゃない？ だから飲めるうちに飲んでおいて……。

山田 結局それかい（笑）。昔は人生五〇年だったんだからさ、あとはもうけもんだよ。さあ、相談が待ってます。二六歳の長男、団塊の世代の子供。すごく迷惑なんだよね、こういう親。

安部　俺はこれに対してはっきりした意見がある。俺は瀕死の状態になったとき、ずっとこのことばっかり考えてたから。だけど詠美さんの意見聴いて、あとから言うからね。

山田　私、この息子の何が問題なのかと思うの。引きこもっちゃって家庭内暴力起こしたりする子どもと比べたら、山ほどいるフツーの子だよ。ちゃんと大学にも行ってるわけじゃない？　大学生に覇気を求めるのは無理です。だって私の時代からそうだったもの。この息子は、やがて社会に出たら変わらざるをえないと思うのね。

安部　この二六歳の息子は、うちの「ウニ」っていう猫と同じなの。

山田　ウニって名前なんだ、可愛い〜。

安部　ウニは五年前に松山からうちに来た雑種の猫で、カナブンから雀からカラスから一〇〇キロもある凶暴な顔した編集者まで、みな、お友達だと思ってるの。敵に遭ったことがないし、人にひどい目にあわされたこともない。ご飯は決まった時間にママが、太らない量だけくれる。寝たいときに寝られる。グリム動物病院でちんぽことられちゃったけど。

山田　グリム動物病院、そんなことするには名前にちょっとリアリティが。(笑)

安部　サカリはつかない。けど、最初からないんだから不満じゃないよ。今うちに空き巣が入っても、きっとウニは「ああ、お友達が来たな」と思うはずだよ。この二六歳の青年も、詠美さんが大学生だった頃も……団塊の世代以降の人間はほとんど、危機感のない「ウニ状態」なんだよ。

息子は母の所有物？

山田　私は、この母親もよくないと思う。「親から見ても男のくせに情けない」。「男のくせに」ということは、男とはこういうものだって基準がこの人にあるからでしょ。だけど息子は大学院生で、モラトリアム。そのモラトリアムを延ばすためにお金渡してるのは、親じゃない。「自分が熱い時代を過ごしてきたから息子にも」と言っても、こういうふうに押しつけられたら、本当は熱いものを持っていても親には言わないよ。

安部　言わないよな。

山田　大体さぁ、母親って息子に対して幻想持っていて、自分の所有物だと思いがちなんだよね。私の友達も、娘と息子が両方いると、どうしても息子に肩入れして甘やかしちゃうわけよ。

安部　詠美さんの言ってること、すごくわかる。俺は女に惚れると、昔気質の男だからまず親のところへ「お嬢さんとこういうことになりましたんで」と頭下げに行く。

山田　うちのヒロちゃんも親に挨拶に来て、「初恋なんです」と言ったの。そしたら父は「あ、本当？　パパもママが初恋だったんだよね」って、全然人の話聞いてやしない。

（笑）

安部　ヒロちゃんなんて、優しくしてもらってるよ。鉄棒から落ちたお父さんに。

山田　あ、よく覚えてらっしゃる。

安部　大抵どこの家行っても、男親は「この野郎、うちの娘を……」と怒る。これ（と隣の美智子さんを指す）の前々任者の父親なんて、俺に扇風機を投げたよ。俺は子を思う親の気持ちだと思うから黙って耐えた。

山田　やだ、違うと思うよ、それ。

安部（妻）　冬だったら電気ストーブで、火事になってたかも。（笑）

安部　けど我慢するのよ。俺はその男親どもの怒りに何遍さらされたか。でも、女親は絵に描いたみたいなヤクザの俺を……。

山田　「可愛い、ナオちゃん」って言うんでしょ。

安部　「いつか真面目になったらきっと立派な男になるに違いない」と思ってくれる。日本のお母さんってみんなバカだね。

安部（妻）　あなたのお母さんがそうだったものね。才能もあるし頭もいい、この子はいつか……。

山田　そしたらヤクザになっちゃったんだよね。

安部（妻）　甘やかされすぎちゃった。

山田　「せめて橋下徹さんの一〇分の一でもアグレッシブさがあれば」って。橋下市長には叩き上げのド根性があるけれど、それは育った環境があってこそ。同じようになってほしかったら、その環境を与えるしかない。今さらムダだよ。

安部　ウニにしちゃったんだもんね。

山田　だからと言って「起業する」なんて言って外に出たら、「冗談じゃない」と止めるはず。

安部　……。

山田　二六歳の日本の男って、恐らく七割がこうじゃない？　日本はなんて豊かで平和で

と同時に、日本が落ち目になって展望がなくなってきているから、「やってもしょうがない」という知恵だけはついてるんだと思うのね。

安部　それは、詠美さん、人間の進化かもしれないよ？　俺たちは進化論で言えば恐竜時代の男で。

山田　「俺たち」って、私、入ってるんですか～。

安部　この息子たちは、平和で豊かでぬくぬくとした現代に適応してる生き物なのかもよ。俺、男として実はとっても羨ましいの。やっぱり怠け者でぬくぬくしているのがいいもん、いいもんっ、ねっ。

山田　問題起こしてるわけでもなんでもないしさ、このお母さん贅沢だと思うよ、ちょっと。

安部　真面目に大学院も行ってる。

山田　だから、問題は卒業してからだよね。そのときに突き放す覚悟があるんだったら悩んでもいいけど、そうじゃなければ、悩んでもしょうがないじゃん。

安部　俺、大学も行ってねえんだけどさ、大学院てのは学者になりに行くところだろ。

山田　いや、今はモラトリアムで入るっていう人が多いよ。入っても学者になれないし、たとえ学者になれたとしても、食べていけるわけでもないし。

安部　じゃあ何のために行くのさ。

山田　この母が息子に言うようなこと、たまに私もヒロちゃんに言っちゃうことあるなー。私、「男のくせに～」って熱く語ってしまうの（笑）。人のことちょっと言えないかも。

安部　ほう。

山田　私がうるさく言い続けてると、ヒロちゃんは、しばらくはじっと聞いてるんだけど、途中で逆ギレする（笑）。だからこの男の子もず～っとこういうふうに言われたら、逆ギレするときが来るよ。

安部　「うるさいっ」ってなるよね。

山田　ヒロちゃんはね、「俺にだって言いたいことあるんだけど」って、急に理路整然と反論し始める（笑）。そうすると、私、「え、素敵」と思うの。「できるんだね」と思っちゃう。（笑）

安部　ダメだこりゃ。（笑）

山田　「これからお墓いしてもいいですか」なんて私が言うと、わざとらしく、ぶすっとした顔してさ、その照れ隠しがまた可愛い。（笑）

喧嘩には親が出ます

安部　四四歳で刑務所を出たとき、俺、本当に久しぶりに独り者だったんだよ。拘置所で離婚届にハンコついて懲役に行っちゃったから。それで在日部落の真ん中に住んでたら、そこの長老たちが集まって、「お前、韓国の女と一緒になれ。韓国の女はお前の稼いできた金を絶対ムダに使わない」と勧めるの。「イワシの頭もムダにしない」「イワシの頭どうするんですか」「キムチに入れる」。（笑）

山田　お見合いしたの？

安部　長老たちが俺に薦めてくれたのは、アメリカへ留学して白人の子供を産んだけど出戻ってきたおばさんとか、いずれもちょっと難アリばっかり。「子供じゃござんせんから、連れ添えるかどうか、しばらく試してよござんすかね」と言ったら、「しばらくなんてわけにはいきません」と（笑）。「一日だけ」って言ったら、「一晩だけだ」（笑）。俺、全部試したよ。

山田　え〜っ、何人？

安部　四、五人。日本ってのは豊かで平和だよ。お節介なのは男ばかりじゃない。女だって同じだよ。

山田　お父さんの、娘に対する過干渉もあるでしょ。日本はそういう親子関係で成り立ってる場合が多いんだから。

安部　それで成り立ってるというのは、もしかすると日本っていうのは七〇年近く戦争をせずに……。

山田　徴兵制度もないし。

安部　医療保険も生活保護もあって。これはめちゃくちゃ豊かですごいことかもしれないよ。

山田　でも、こういうお母さんたちって「だけど心は豊かじゃないのよ」と言うんだよね。私は、学生運動って、子供心にすごく嫌だった。彼ら、自分たちがする必要のなかったかもしれない革命を都合の良い時だけ自慢するんだもの。

安部　日本社会がこういう親子を生んじゃったんだけど、これは褒められるべき時代なのかもしれないね。この息子は進化した、うちのウニみたいな存在なんだよ。

山田　アハハハハハ。安部さんは息子さんに対してどんなお父さんなんですか。たった一人の子供がゲームクリエイターの遠藤正二朗さん。おいくつになられました？

安部　四一歳。

山田　あ、ヒロと同じぐらいの年だ。息子さんのこと、心配？

安部　正二朗は自分で一七年か一八年前にゲームソフトの会社を作ったの。俺はうるさく「おい、入金予定と出金予定の台帳だけちゃんとつけとけ。それから月末に余った金は銀行に全部持ってって、月末の残高っていうのを記録に残せ。月初めにすぐ引き出してもいいから」。ヤツはそんなことは知っちゃいない、アッという間に倒産しちゃった。それで夫婦で京都へ逃げて、三、四年前に帰ってきた。ヤツがちっちゃい頃、『この子のケンカは親が出ます』っていう文字を編み込んだセーターを……。

山田　着せてたの。アハハハハハ。

安部（妻）　大変そう。子供の苦労がしのばれる。

山田　安部さん、正二朗くんと何年一緒に過ごしたんです？

安部　あいつが小学校にあがるときに、ランドセル買う金を刑務所から送ったの覚えてる。でも、拘置所で離婚届に判を押しているからね。正二朗には太郎っていう異父兄がいるのよ。それと、俺の父親が正夫っていって、勝手な人でしょっちゅう勘当してしょっちゅう許す人なの。なぜか正二朗が生まれる寸前に、俺の勘当を解いてきた。それで、「一字もらって正二朗と致しました」ってご機嫌とって、オヤジがとっても喜んだのを覚えてる。だから正二朗。ヤツ、会社をツブしたときの借金を今、うちの女房に少しずつ返してる。

山田　ああ。じゃ、安部さんが借金の肩代わりしてあげてたのね。

安部　もういつ死ぬかわかんないと思ったから、この前、公証人役場に行って遺言状作ったの。知ってる？　ちゃんとした遺言状ってのは、結構金がかかるんだよ！

親からいかに逃走するか、が大事

山田　安部さんには、この質問者を批判する資格はないかも……。
安部　ないことは、俺も知ってる。正二朗の夫婦は下町に住んでんだよ。だから、「おい、津波が来るから米軍のゴムボートを中古で買って、いざっていうときにあれ膨らますの大変だから、膨らませてもらってベランダに吊しておけ」。そこまで言うんだよ。
山田　四〇過ぎてる息子に対して、やっぱりすごい過干渉じゃない？
安部　「今度家を買いました」と言ってきたが、聞いた瞬間は、母親から金が出たなと思ったよ。だから「お袋の部屋ぐらいあるんだろうな」と言うと、「広いからある」って。
山田　安部さんはそこの家に行きたいと思います？
安部　俺、見に行ってもいない。そのぐらい距離を置いてるし。
山田　でも、愛してる？
安部　あのね、それは詠美さん、とっても難しい。俺にとってはたった一人の息子。
山田　血のつながりってやっぱり強いのかなあ。
安部　強いのか弱いのかわかんないんだよ。ただあの子が「中学でやめていいか」と言ってきたときに、「俺だって夜学の高等学校は出てるんだぞ。座ってりゃ出してくれるんだから、高等学校までは行け」と言った。「大学も座ってたら出してくれるんだから、大学へも行け」って言った。

山田　それ、普通の親じゃん。言い方が安部さんだけど。（笑）

安部　それも「関西の大学にしろ。関西で四年過ごすってことがお前にとっては貴重だから。俺、立命館だったらコネがあるぞ」。

山田　アハハハハ。でも、そしたら息子さんにモラトリアムを与えているこの大学院生の母親みたいになっちゃうじゃない。正二朗さんはなんて言ったの。

安部　「早く世の中に出たいんだ」と言うから、「慌てて出ることはない。俺は二二で高等学校出たんだ。三三で出てもよかったと思ってるんだぞ」と言ってやった。

山田　苦労って人によって違う。息子さんにとっては大学行くほうが苦労で、外に出たほうが楽だって思ったのかもわかんないね。

安部　けど、俺は異父兄の太郎に言ったの。「すぐ広尾高校に行って、夜間部に正二朗の名で籍入れとけ。公立の夜間高校なんてのはお前が行ったって弟だか兄だかわかんないから」。

山田　過干渉もそこまでいくといっそ、りっぱ？（笑）

安部　太郎が正二朗の名前で入学試験を受けて、二日ぐらい顔出して、休学にして籍をとっといたの。

山田　それって、息子さんが望んだことなんですか。

安部　え？　まったく正二朗は望まずに、俺が勝手にやったの。

山田　それは、彼にとってつらいんじゃない。

安部　俺に書き置きみたいの寄越して、学校は中学三年でやめたな。

山田　そりゃ逃げちゃうよ。わかる、息子さんの気持ち。

安部　「父さんの言ったことで、本を読んで、映画を観ろということはやりました」と書いてきた。それで、なんとゲームクリエイターになんの。

山田　かつて安部さんが嫌いだったことは息子も嫌いだってことよ。親子ってすごく連鎖していて、若いとき親に言われて嫌だったことを、親になったら子供に言ってる。だから、息子さんに子供ができたら同じことするかもよ。それが親の愛情と言ったらそうなんだけど、その親の愛情を素直に受け取れるようになるには安部さんぐらいの年にならないと無理かもよ。

安部　学校をやめた正二朗は高円寺のウナギ屋の二階の家賃一万円、三畳間のアパートを借りた。俺は、ウナギ屋の家主に言うの。「二ヵ月溜めたら電話をください」。

山田　安部さん、普通の親だよ、やっぱ。

安部（妻）　あれだけ「常識と良識よ、くそ喰らえ」と言っておきながらねえ。（笑）

山田　普通の親が嫌だって言いながら、結局自分が普通の親？

安部（妻）　普通以上に普通の親です。

山田　芸能人って自分が叩き上げなのに、子供に私立のお受験とかさせるじゃない？　私立に入れて自分以上になれるかというと全然無理で、二世の俳優ってほとんどの場合は成功しない。それで、道外していく子もいるよね。私には、道を外すルートをわざわざ親が作ってるとしか思えない。

安部　そう言うけんどもさぁ。

山田　あ、なんかちょっと弁解のモードに入ってる。

安部　けど、俺は夜学の高等学校を二二歳で卒業しても、今、人様にお金を借りるでもないし、カアちゃんが「女さえ作んなきゃ、博奕さえしなきゃ嫌な仕事をしなくてもいいのよ」と言ってくれる状態じゃない。

山田　それはぁ、安部さんが散々放蕩を尽くしてきたからようやく行き着いたところでしょう？

安部　今、俺が心掛けてるのは、人様に掛けてしまったご迷惑っていうのはもう勘弁していただくしかないけど、この今の時点から寿命がある間は、人様にご迷惑を掛けないようにしよう。それだけなんだよ。その一環に正二朗があって、正二朗が食えなくて……。

山田　そんなこと言ってさ、具合悪い具合悪いと言いながら、一〇〇歳超えて生きたらどうするの？　ずっと息子さんの心配してるの？　どうなのよ？　お父さん。（笑）

安部　でもねえ、でも……。

山田　息子に対すると安部譲二にしてこうなるんですね。親は愛と言うけれど、息子や娘にとってそれは課せられたもので、ずっと親からのランナウェイ人生だと思うのね。どうやって親の庇護から逃れるか。子供にとってはそれがとても大事だということです。

安部　けど、なんか……なんかさ……。

山田　もう結論出てますよ。（笑）

安部　えっ……もう終わり？

第九幕

在日三世の彼と結婚したい

ご相談

両親に結婚を反対され、悩んでいます。彼は大学のひとつ上の先輩で、学生の頃から両親には紹介していました。就職して一度別れたときには、「なんで別れたの？」と残念そうに言われたことを覚えています。今から二年前、私が二六歳の冬に再会。去年の暮れに「結婚しよう」とプロポーズされ、そのときに、「実は国籍が韓国、在日コリアン三世だ」と打ち明けられました。驚きましたが、彼を愛する気持ちに変わりはありませんでした。

ところが、両親に告げると、「結婚は絶対に認めない」と言うのです。具体的な理由はなく、「あなただけの問題ではない」の一点張り。両親は自他共に認める「リベラル」で、進学も就職も、すべて子どもの選択を尊重してくれました。しかも、母は韓流ドラマに夢中なのに。

関西出身の彼は、子どもの頃に差別を受け、ご両親も大変な苦労をされたと聞いています。結婚式に私の両親が欠席すると、彼と彼のご両親を傷つけるのでは、と心配です。どう説得すれば結婚式に出てもらえるでしょうか。

「リベラル」を自任する人たちの本性は？

山田　差別はいけないって誰でもわかっているけれど、こういう親はいるよね。「リベラルだ」と自任している人に限って、実は差別主義者だってことは多いもん。私が黒人の男とセックスを結びつけた小説でデビューしたとき、一番糾弾したのは「リベラル」を標榜してた団塊の世代だから。あの人たち、ベトナム戦争反対、人種差別反対を叫んでたんじゃなかったっけ。

安部　そうだよ。差別撤廃と平和を標榜してたんだよ。

山田　ねえ。だけど、日本人の女が外国人の男とするというのは許せないわけよ。しかも自分たちが内心軽蔑している黒人の男じゃ、絶対ダメ。

安部　だから芥川賞の選考委員の頭の固いのは、詠美さんに賞をあげようとしなかったんだよ。俺、五木寛之先生は、今でも目上に立てて、二〇年間お歳暮贈り続けてるの。詠美さんを認めた人だもん。

山田　私を直木賞に推してくれたのは田辺（聖子）さんとか五木さん。次も芥川賞候補になると思ってたから驚いたけど、結果的には直木賞のほうが小説家としても世界が広がって良かった。

安部　詠美さんは、何度芥川賞候補になったんだっけ。

山田　デビューしてその次の作品から、三回続けて。そのうち二回は受賞者なしだったんだよ。四回目になるであろう『カンヴァスの柩』のときも、「これでとりたいね」と言っていたら、なぜか『ソウル・ミュージック ラバーズ・オンリー』が直木賞候補になり、それで直木賞をいただきました。（笑）

安部　当時の詠美さんの恋人が白人か、それとも掌あけるとピンクだから黒人だとわかる白人っぽい黒人だったら、芥川賞とってるよ。

山田　私の知人の従姉妹が、韓国人のお医者さんとアメリカで知り合って結婚したのね。そしたら、すごく話のわかる両親だったのに、結婚に大反対。娘が子どもを連れて実家に戻ってきたときも、ザーザー降りの中で赤ちゃんを抱いて立ってるのに、扉も開けなかったんだって。他人に対しては「いいじゃない、韓国人だって」とか言う人は多い。だけど、いざ自分の娘や自分とかかわりのある人がそうなったときに、本性が出るなと思った。

安部　二一世紀の今、まだこういう人たちがいるんだって驚いてるよ。俺、人種差別はかなりなくなったと思ってんの。野球時代からサッカー時代になって、人種的な偏見だとか差別だとかいうのが薄まったように思うんだよ。それにさ、この頃みんな、韓流ドラマ見てるじゃないか。だからこのご相談を見て、「まだあるんだ」って。

「旦那さんは北か？　南か？」

山田　ヤクザには在日や差別されている人が多かったよね。
安部　ヤクザとスポーツ選手に向かって石を投げたら、大体朝鮮人に当たるよ。在日二世の新井将敬が大田区から出て衆議院議員になったとき、同じ選挙区の候補陣営がひどかったんだ。ポスターを赤い絵の具で塗りつぶしたり、いろいろ嫌がらせをやったんだよ。それでいっぺん落選して、二度目で当選。俺、新井将敬とは飲み友達だったの。
山田　そうかぁ。
安部　俺が初めて入った横浜少年鑑別所は、当時、保土ケ谷の駅前の丘の上にあった。今は団地が建ってるよ。昭和三〇年かな、そこにぶち込まれたときに、飯配ったりなんかする雑役の懲役が俺の前まで来て、「北か？　南か？」って聞くの。言われた俺は「渋谷の安藤組だ」と言うだけだったけど。
山田　それだけ在日が多かったんだ。
安部　その時代が過ぎて、俺は二三歳の年に、日本航空の試験受けて受かっちゃうんだよ。それで、羽田のそばに住もうと思って、絵描きさんのアトリエだった丘の上の部屋を借りたの。キッチンとお風呂場がついて、家賃、まだ覚えてる。一万八〇〇〇円。
山田　当時の一万八〇〇〇〇円って？

安部　月給三万円貰えるって聞いたから、日本航空の客室乗務員に潜り込んだの。課長さんの給料が三万円の頃だからね。

山田　じゃ、すごく高い家だ。

安部　一万八〇〇〇円つったら今の二五万円ぐらいだよ。女の貞操が三〇〇〇円の頃だった。（笑）

山田　高いのを知らないんだね。（笑）

安部　（無視して）そこへ越したの。引っ越しやってくれた若い奴らが帰って、その頃一緒だった女と、ホッとして寝るわけ。そしたらね、朝になってトントンってドアをノックするから、女がなんか着て出てったら……。

山田　なんか着てっていうことは、それまで着てなかったんだ。（笑）

安部　（無視して）韓国語でなんとかかんとかって言われて、女がわからなかったら、今度は、日本語で「旦那さんは北か？　南か？」。そこは韓国人部落の中の小高い丘で、成り上がりが住んでたんだ。日本人は「乞食山」と呼んでた。俺、韓国人の家主ととっても仲良くなって、日本航空をクビになった後、「うちの前に二二坪あるから、ここにお前の家を建ててずうっと住め」と言ってくれたから、三階建ての家を建てたの。その頃の女がお琴を弾く女だったから、防音もしたの。ねっ。

山田　それ、ベッドから出た女の人とイコールですか。

安部　とは違うんだけど。
山田　気をつけて聞いてないと。（笑）
安部　その頃、防音装置にグラスウールなんか使わないんだよ、コルクを貼るんだよ。一階は車が二台入るガレージで、その上に二階作って。その家、お琴の女にとられちゃったの。
山田　アハハハハハ。
安部　俺、これ（隣の、妻の美智子さんを指して）と一緒になってから車でそのへん通りかかったときに、家の前まで行ったんだよ。そしたら全然知らないオバァさんが洗濯物干してた。女が売ったんだねえ。（笑）
山田　お琴の人がそのオバァさんだったんじゃないの？（笑）
安部　そのお琴の人はもう七三歳になってさ、この前、息子が会わせてくれた。二十何年ぶりだったけど、聞けないよな、あの家売っちゃったのか？　なんて。

わからない差別は世界中にあふれている

山田　実は私は、在日差別というのはそんなに身近にはなかったの。教えられてもこなかったから、よくわからないところがある。
安部　土地柄もあるだろうけど。

山田　土地と同時にやっぱり世代の問題もあって、私たちぐらいからは急速に薄れてると思うよ。それに、東京では「話さないことが洗練」みたいな感じってあったと思うのね。

安部　けど、差別っていうのは世界中にあるよな。たとえばさ、白人がユダヤ人に対して持ってる差別意識。俺が若い頃に英語を習ったイギリス人のオバさんは、「見るからにイタリア人だと思う人であっても、『イタリア人？』と聞くのは失礼だ」と言っていた。

山田　イギリス人はイタリア人を差別してるってことだね。ラテンを差別してる。そういうの、アメリカのセレブリティの世界でもあると思う。

安部　だろ。イタリアってのは、ヨーロッパ中で嫌われてるんだよ。なんで差別されるかっていうと、朝からニンニクを食べて、ランチタイムが二時間あるの。その間にセックスをするからなの。で、イタリア人は、「なんだよ、フランス人は」とかって言ってんだよ。（笑）

山田　でも、アメリカ人からすれば、日本人が朝鮮人を差別するという感覚はわからないと思う。同じアジア人なのになんでと思うでしょ。で、日本人からすればアメリカ人のユダヤ人差別はわからない。わからない差別って、多いよね。黒人も同じ。今、アメリカではブラックと言わないでアフリカ系アメリカ人なんて言うじゃない。だけど「アフリカン？」って聞かれると、「アフリカ系アメリカ人」と後ろを強調して答えるんだよね（笑）。差別に怒り、リベラルを標榜している黒人自身が、アフリカから来たと間違えられたら

「失礼な」という反応を示す。そのへんのこだわりって、ほんとに不思議。

安部　人間ってやつは……だよな。

山田　この相談に戻るけれど、もう大人なんだから、結婚するのに親の許しなんていらないじゃん。結婚式も、彼のほうは親族揃えちゃうにしても、自分は友達に出てもらえばいいじゃゃない。

安部　あのね、俺たちは差別があるのも知ってるし、不愉快なことも知ってるし、嫌なことも知ってるよ。けど、今このお嬢さんと在日の男は、きっと困ってるよ、困りはててるから手紙くれたんだよ。ねっ。これからどうすんべと思ったら、詠美さん、とっても進歩的だっておっしゃる親と、もう一度肚を据えて、二時間でも三時間でも話し合うべきだと思わない？

山田　私はわかり合えないと思う。

安部　そしたらしょうがないから相手の男も呼んでさ、四人で話し合やぁどうだろう。嫌われるところがあったら直しましょうって。

山田　なんか、恐ろしいよ、その会合（笑）。このえせリベラルな両親は、話し合い自体を拒否すると思うし、話し合って解決する問題とも思えない。両親は理屈ではなく、生理的なレベルで受け付けないいんじゃないかな。

安部　そうかなあ。そうかなあ……。

決別か対話か――それが問題だ

山田 相手のご両親に全部を話して、彼女がそのまま向こうのうちの娘のようになってしまえばいいんだよ。親を捨てるという覚悟がないと、この人、好きな男と結婚できないと思う。どっちともうまくやって理解し合ってというのは、到底無理だと思うけどなあ。

安部 そうかなあ、そうかな……。

山田 じゃあ、安部さんが彼氏だったらどうする？

安部 俺、女に言うよ、「ご両親とよく話し合って、なんで三世の俺がそんなに嫌がられるのか、悪いとこがあったら直すし、直せないとこがあったら……」、困るけど。

山田 困るって、どうすればいいんですか。（笑）

安部 「毎日親と会うんだから、一時間でも二時間でも時間もらって、よく話せよ」って話だよ。ねっ。

山田 両親ともに反対というのが厳しいよね。父親か母親かを味方につけられればいいんだけれど。

安部 韓流ドラマに夢中の母ちゃんに助っ人してもらえないかなぁ。

山田 難しいかも。バスケットボール好きで「マイケル・ジョーダン大好き」って言ってる人なのに、いざ自分の娘が黒人連れてきたら、「マイケル・ジョーダンは名誉白人だから」というのと同じじゃない？

安部　ウィル・スミスが娘と一緒に家に来て「結婚します」と言ったらたいていの親は腰抜かすもんな。詠美さんがダグを連れていったときは、ご両親はなんておっしゃったんだい？

山田　私、その前に五人ぐらい黒人のボーイフレンド連れてってるから「またか」って。「今度こそ結婚するんでしょうね」みたいな感じだったよ。まさかそうとダグには言えなかったからさ、彼は「君の両親はすごいリベラルで、全然人種の偏見がないんだね」と言ってた（笑）。慣れすぎて麻痺してたんだよ。でも、パンチドランクだなんて言えないしさぁ。（笑）

安部　それはすごいね。

山田　もともと、うちの両親は人種の差別は、まったくない。ただし一個だけダメなのがあって、カルト宗教はダメ。

安部　ご両親と、そういうことも話し合ってんだ。

山田　一〇代の頃、結婚相手は性格がよくて大事にしてくれる人だったらどんな人種でも、どんな国でもいいけど、カルト宗教の類に入ってる人は絶対ダメだと言われた。安部さんは仮に娘がいたとして、彼女が在日の人なり黒人の男性なりを連れてきたとしたらどうします？

安部　俺ね、娘がいたらということをね、なんか……想定できないの。
山田　娘なんかいた日にはすごいことになっちゃうんじゃない？（笑）息子以上に過保護になって、外に出さないで囲っちゃうんじゃない？
安部　俺ね、たいていのことは想定できるの。ヤクザ時代にさ、兄貴に「今から死ぬぞというのを、どのくらい短い時間で自分に観念させられるか」と聞かれて、俺は「五分」と答えたの。そしたら兄貴が「テレビコマーシャル一回分の間で覚悟を決めなきゃヤクザなんかできない。一五秒で死ぬ気になんなきゃダメだ」って言ったもんだよね。だから、一五秒は無理でも三〇秒あれば肚は括れるけど……。
山田　それだけで？（笑）
安部　もし娘がいたらっていうのは……想定できないんだよねえ。七五歳近くなってさ、自分が女にしたひどいことだとかね、他人が女にしたもっとひどい仕打ちだとか、そんなこと知ってるから、俺、想定、したくないんだもん。
山田　私、男にひどい仕打ちしたこと何回もあるけど、仮に息子がいても何も思わないなぁ。（笑）

娘を貰いにいくとき親を説得する術は？

安部　これが九回目のご相談だよね。つくづく思うんだけど、山田詠美っていう日本一の

女流は、優しい人だと思ってると、時々とんでもないイヤな……。（笑）

山田　アハハハハハ。

安部　女になるねえ（笑）。さ、どうするよ。

山田　私は説得してもダメだと思う。もちろん、彼の人柄がいいということをアピールすることはできるよね。でも、この両親は聞く耳持たないでしょう。だから、両親に長～い手紙を書いてから、向こうのうちの娘になる覚悟で結婚したほうがいい。

安部　俺は、民主的な人間だから。

山田　まるで私がそうじゃないみたいじゃない。

安部　話し合いの精神の人だから、とにかく、ダメだってのがわかるまでご両親を説得するべきだよ。

山田　それをやっていると時間がかかるよ。両親が年とったら、「すまなかった」と言うかもしれないけれど。安部さんはヤクザだったとき、何人も「お嫁さんにください」と言いにいって、ＯＫしてもらっているじゃない。その説得術を教えてあげてよ。ただ、安部さんは特殊な愛嬌があるからなぁ。（笑）

安部　この在日三世はさぁ、俺と違う、堅気だもん。俺は堅気の娘さんを嫁に貰ったことなんてのは何回もないよ。だから、これ（美智子さんを指して）貰うときには……。

山田　ひっくり返されたんでしょ。

さらだよ。

安部　殴る、蹴飛ばす、くらいは子を思う親の気持ちだからしょうがねえなと思ってんの。ね。男親ってのは、堅気が貰いにいっても、いい顔しないだろう。ゴロツキだったらなおさらだよ。

山田　仲のいい男友達が、くだらない格式の違いで結婚を反対されたのね。彼女がどんなにいい子かというのをアピールしたって、ダメなわけよ。会わせても、わざと彼女に恥をかかせるような慇懃無礼な態度で、家を出た途端に彼女が泣いちゃったんだって。で、その瞬間、彼は親を捨てると決めたと言っていた。「そんな親じゃ、子どもが生まれたら、跡取りだからとか言って取られちゃうよ」と私が心配したら、両親は案の定、興信所使って、息子の生活を調べていたみたい。でも、彼が愛する女のために両親と訣別する様子をずうっと見ていて、ちょっと感動したよ。

安部　時々、この頃ついぞ聞かなくなった言葉がひょっと出てくるね。「跡取り」なんて言葉、今、ないでしょ。俺んちなんか、四人きょうだいで姉、姉、兄、そして五歳年が開いて俺だよ。こういうの、上方では、「猫のしっぽ」と言うんだって。

山田　可愛いじゃーん。

安部　あってもなくても変わらしまへんって。でもね、ヤクザもんってのは、実家の話はしないことになってんの。実家を知られるのは、「一本安」になっちゃうから。顎が弱いボクサーは「一本安い」から、わざわざ左のガードを下ろして、顎打っても平気だぞという顔をするのと同じ。だから俺の子分は、「物心ついたときから明石の孤児院にいた」という俺が作ったライフストーリーを信じてた。わざわざ関西の恵愛学園っていうのに、毎年寄付して。そうすると、裁判のときに理事長が来て、「何年も寄付をしてくれた。どうぞ許してやってください」なんて……。

山田　情状酌量になるんだ。（笑）

安部　俺の右腕だった子分に、新宿の親分になった吉田イクオって奴がいんの。日本一の盛り場の親分だよ。俺よりずっと出世したわけ。俺が堅気になるときに、実家の前を通りかかったんで「ちょっと寄ってこう」って、一緒にいたイクオを連れて実家に寄ったの。そしたらお袋も親父も歓迎してくれて。表出たらイクオが「あれが実家でっか。兄貴がしてきた渡世は道楽でしたね」と言われたよ。

本当の民主主義には手続きが不可欠

山田　なんか格好いいじゃない（笑）。安部さんは、子分とかお仲間の人から、同じような相談受けたことないの？　結婚したいんだけどヤクザだから、在日だから反対されて困っているっていうの。

安部　ある。村上って奴は、女んとこへ挨拶に行ったら、親が怒って「チンピラなんかに娘やるわけにはいかない」とけんもほろろなんだって。そしたら村上は「けんど、やっち

やったもんはしょうがない」って言っちゃったんだって。(笑)

山田　あちゃ〜。

安部　なおさらダメだったって(笑)。だけど、詠美さんはかなり救いがない意見だよな。けど俺は……親でもない子でもないっていう状態になる前に……やっぱり、じっくり話して……。

山田　それでダメだったら?

安部　話して話して、ダメだったら出ていきゃいいんだよ。

山田　そっか。そうだね、まず努力をしてみることよね。でも、この彼、ほんとうに気の毒。何が悪いんだってことだもん。

安部　俺がこの男だったらさぁ、村上みたいに「もうやっちゃったもん」って言ってやるんだが……。

山田　ハハハ、それじゃ元も子もなくなるって。

安部　このまま俺たちに相談しただけで家、出ちゃったら、裁判もかけられずアメリカ軍に殺されたビン・ラディンだよ。本当のアメリカの民主主義っていうのは、撃つ前に、ヘリに乗っけてアメリカまで連れて帰って、裁判もやって、弁論もやって、それで死刑を宣告して処刑しなきゃダメだよ。ねっ、ねっ。

山田　あー、はいはい……。

安部　眠そうな顔してる。
山田　……え？
安部　眠そうな顔してる！（笑）

第十幕

結婚一年でセックスレスに……

ご相談

三四歳、デパートに勤めています。二年前に結婚した夫は六歳下、地方新聞の記者をしています。彼とは合コンで知り合い、半年ほど付き合って一緒になりました。二人とも不規則な勤務ですが、交際中はなんとか時間を作って会い、そのたびにホテルに行っていました。プロポーズの言葉は、「結婚すればもっと一緒にいられるよ」でした。

ところが、結婚後一年も経たないうちに、セックスレス状態になってしまいました。マメな性格の夫は結婚前からモテていましたが、浮気の気配はありません。思い切って理由を聞いてみたら、「家族なんだから、そんな気になれないよ」と言うのです。「子どもがほしい」と言うと、「他の人と作っていいよ」とまで言うのです。

私は彼のことが好きで、彼とセックスしたいのです。でも、彼はそれを求めない。夫婦って、家族って何？　自分の部屋に籠もって何時間もパソコンの前から離れない彼を見ていると、何もかもわからなくなってしまいます。

セックスしなくてもいいじゃない

山田　結婚一年でセックスレス。いいじゃない、セックスレスでもさぁ。
安部　本心かい。(笑)
山田　だって、セックスって相手を知りたいと思うから興奮する部分があって、ずっと一緒にいたらそこはなくなる。前にも言ったけど、信頼してない人とセックスしたほうが楽しい場合もあるじゃない。(笑)
安部　詠美さんは鮮度が大事なんだ。
山田　それはいなめないよ。でも、夫婦が同時に「いいんじゃない、セックスなくったって私たち仲がいいんだから」と思えれば何の問題も起きないんだけど、これは片方がしたいわけでしょ。だから、ねえ……やっぱり……外で……外で。(笑)
安部　外でおやりになるしかないってのかい?
山田　か、ファンタジーを使って自分でする。(笑)
安部　俺、腹が立ったの。三四の女と二八の男の話でしょ。こんなボケた二人が、同じ日本のなかにいて、選挙権を持って投票してんのかと思うと。ヤワラちゃんが当選するわけだよね。
山田　アハハハハハ。

安部　わざわざ便箋買って、封筒買って、八〇円の切手買って、こんな相談送ってくる。俺、こんなやつがいるから日本は駄目だと思うの。こんなボケたやつらに選挙させるから、小宮山なんとかっていうのが当選するの。

山田　民主党の小宮山洋子。

安部　あの小宮山ってのだけは本当にいけ好かないね。

山田　正しすぎるからじゃない。

安部　家庭裁判所の女判事なんていうのはね、ああいうのばっかりなの。

山田　ひどい目に遭ってきたんでしょ、そういう人に（笑）。ところで、回答しましょうよ。

夫婦に見る慣れと性欲の相関関係

安部　惚れて一緒になった男が突然やらなくなって、パソコンばっかり見つめるようになった、私はやりたいの、どうしたらいいの。馬鹿じゃないかこのヤロウって思わない？

山田　でも、焦燥感にいつも浸っている人妻が自分の肉体に正直になっていく、というパターンって、女性の作家が書きがちな小説のテーマではあるんだよね。

安部　安部譲二っていう、小説の原稿依頼がなくなった作家が考えるにはだな。これ、男がね、俺みたいな手練《てだれ》の使い手に……。

山田　何？　何の使い手⁉

安部　オカマを掘られてホモになったっていうケースだけなんだよ。ねっねっ（笑）。夫は安部譲二からのメールを待ってるんだよ。

山田　えーっ。

安部　そう。鈍感な女房が「なぜやってくんないんでしょう」って思う以前に、これはもう、俺にアナルを掘られる嬉しさに……。

山田　聞こえないよーっ。

安部　詠美さん、これは冷静に客観的に考えて、亭主がホモに目覚めちゃったんだと思わない？

山田　私は、結婚して性欲感じなくなることって多いと思うんですよ。

安部　二八だよ⁉

山田　二八でも。だから相手替えればできるってこと。

安部　俺、二八だったらね、泉ピン子とだってやったよ。

山田　小栗旬とか、なんであんな美人の彼女がいるのに浮気するのって思うじゃない？だけど、慣れってあって、慣れと性欲の高まりは相反するものだから、夫婦になると両立しなくなるんだと思うのね。だから、これは全然不思議なことじゃない。安部さんは、数多い女性関係の中で一度も飽きたっていうことはないんですか。

安部　ある。できなくなっちゃったときはある。

山田　じゃ、この二八歳の夫のこと責められない。

安部　それは女ができたとき。

山田　なるほど……純粋だね。でも、私は、むしろこの妻がいまだに夫に欲望を抱いていることのほうが不思議な気がする。

安部　だって、惚れあった二人で、二八と三四だよ？

山田　でもセックスは「クセ」のものだから、一回すると二回目もしたくなるけど、ずうっと間あいちゃうと、別にしなくたっていいんじゃないっていう感じになってきません？

安部　……。

山田　こないんですねえ。

安部　そんな枯れたもんじゃないよ。二八だよ？

山田　この人、「夫婦って、家族って何」って突き詰めてしまっているけど、性欲の問題だと思うのね。そこに夫婦や家族を持ってきちゃダメ。自分の性欲をきちんと見極めたところからじゃないと、何にも始まらないような気がする。

安部　電マっていうのがいいんだって！

山田　電マ⁉　何ですか？

安部　電気マッサージ器。

山田　ああ。電動歯ブラシもいいとか聞きますけど（笑）。彼は絶対、夜中にアダルト系のサイト見てると思うよ。
安部　だから……。奥さんが辛抱するためにはさ、電マしかないね。
山田　私も、家庭を壊したくないんだったら自給自足したほうがいいと思う。
安部　秋葉原に電マ専門のビルがあるんだって。今度、見に行くことになってんだよ。（笑）
山田　品がないよ（笑）。こんな回答じゃ、品がない！

歴史的資料？　性的人間の日記

安部　詠美さんはまだ新婚さんだな。
山田　でも、そういう雰囲気になると、「やだ、変なこと考えないで」って言ってるよ。「今日はまだ処女なんだから」とか。（笑）
安部　ふーん。わかんねえな。
山田　好きな気持ちは会ったときよりもどんどん高まってる。だからといって、初めて会ったときのような、待ちきれないで玄関あけた途端に押し倒されて……みたいな、そんな情熱とは違う。
安部　そういうものかね。

山田　あったら変だよね。安部さんは押し倒したいっていう気持ちがずうっと継続してたわけ？
安部　うん。
山田　（美智子さんを見て）みっちゃんに？
安部　今でも。
山田　うわ〜、素敵。っていうか変だよ（笑）。性的人間なんだね。
安部　俺さ、夫婦の性生活のことはさ、喋りたくないんだよ。
山田　なんで？
安部　喋りたくないんだけど、俺は日記を書いてるのさ。日記っていうよりメモを。それは体重をなんとかして八八キロまで絞りたいから、毎日食べたものを……。
山田　セックスも書いてるの？　昔、ジェームス三木が相手の女性一人ひとりのことを書いてたよね。「春の歩み」だっけ？　もう大笑いだけど。（笑）
安部　（無視して）そこに今年の目標として、一／二四だとか二／二四だとか書いてあんのは、今年二四回、ひと月に二回はみっちゃんとセックスをするぞっていう印で。
山田　可愛い〜っ。ティーンエイジャーみたいだねえ。
安部（妻）「後世の俺の研究資料にするためだ」と言って、体重も全部書いてあります。後世の研究家、いないと思うんだけど。

安部　みんな、知らないんだよ。俺は呆れたのはね、とっても綺麗な日本人の女の人がさ、今のミャンマーの、昔のビルマ国の首をカクカクやるダンスの研究家だっていうの。
山田　それで？
安部　日本には本当にいろんな、もう呆れるような人がいるんだよ。だから、女房はほとんど俺の妄想だってバカにしてんだけど、俺の毎日つけてる日記だって、一〇〇年ぐらい経ったら研究者が……。
安部（妻）　研究者がね。
山田　アハハハハハ。
安部　それも東北福祉大学の特任教授かなんか。
山田　限定？（笑）でも、ちゃんと手帳に二四とつけてるの、可愛い。
安部　ちょっと遅れてるんだ。二月の末日で四／二四を達成してなきゃいけない、それが三月に入ってんのにまだ三／二四で。
山田　人って意外な一面があるんだって、ちょっと感動しちゃった。
安部　こんな回数、ヒロちゃんなんか半日だよ。
山田　彼、私が初恋だって言ってるから、安部さんの域には到達できないよ、まだまだ。（笑）
安部　半日だよ。ヒロちゃんは日記に五／六〇〇なんて書いてるさ。

山田　きゃー、お猿さんみたいだー。
安部　真面目に！　真面目にやろう！

歯とは朝晩磨くものではない

山田　（美智子さんに）本当に日記、つけてるんですか。
安部（妻）　今日はお風呂に入ったからお風呂のマークとかね。
山田　意外〜っ。
安部（妻）　暇なんですよ。
安部　この女房がもう二〇年以上もうちに棲みついてるけど。
山田　棲みついてるって、猫じゃないんだからさぁ。
安部　朝晩二回歯を磨くんだよ。
山田　それ、普通じゃないですか。
安部　昔は、歯を磨くっていうのは、せいぜいお塩かなんかつけて擦るぐらいのことで、朝晩銀磨きの薬みたいに薬つけて擦りたてるなんて、昔の男がライオンかサンスターの男だったんじゃないかと思うんだよ。
山田　そう言えば、某ミュージシャンの仕事場に遊びに行ったら壁に「朝三〇分、昼三〇分、夜三〇分」と貼ってあったの。「これな〜に？」と聞いたら、「歯磨き」。歯医者の息

子なんだけど、歯、真っ白、その人。(笑)
安部　あのね、歯っていうのは、擦れば擦るほど摩耗するばっかりで……。
山田　人によるみたい。磨かなくても全然平気な人は一生虫歯にならないのに、磨いても磨いても虫歯になる歯質の悪い人っているんだって。
安部　刑務所っていうのは、何にでも看守が日付を書いた紙を貼って管理するわけ。本でも手紙でもパンツでも靴下でも歯ブラシでも歯磨き粉でも。で、〝総検〟って、「煙草持ってないか」なんて言ってたまに抜き打ちで調べまわるの。あるとき、看守が「ありえない」って、俺を調べ室に引き込んで、「白状しろ」って言うの。それは俺の歯磨き粉についてるラベルの日付が、二年も前のもので。
山田　使用期限切れてるじゃないですか。(笑)
安部　「そんなはずがない」と。だから俺は言うわけ。「おい、刑務所の決まりに一日に何回歯を磨けなんてねえだろう。歯磨き粉を何センチつけて磨けなんて書いてねえだろう」。俺はそのくらい歯を磨かないの。ねっ、ねっ。今みたいに酒飲んでいて、思いついたときに舌で消毒を――。
山田　気持ち、わからなくないけど。私とヒロちゃん、ソファに座ってテレビ見ながら二人並んで歯を磨くんだけど、それを「歯磨ききょうだい」って呼んでるのね。一人で磨いてると「歯磨き一人っ子」。あるときヒロちゃんが、「もしももしもエイミーが先に死んで

しまったら」と、頭抱えて「俺は歯磨き孤児になってしまう—」。わ〜っ、可愛いって。（笑）

安部　俺は、三〇年前に面白い女の歯医者に会ったんだ。その女が痛くするから、「痛てっ」て。「安部さんはヤクザだったんでしょ、痛くありません」と言うから、「ヤクザでも痛いものは痛い」。（笑）

山田　アハハハハハ。そりゃそうだ。

安部　それでまた機械を突っ込むから、舌出して歯医者の指の間を舐めてやったの。そしたら、ガリガリやる機械ごとしゃがんじゃって、「歯医者になってから一一年、患者さんにこんなことされたのは初めてだ」って。

山田　えらい！　このパソコン夫とは対極にいるよ、安部さん。っていうかさ、歯の話じゃなくてセックスの話。

一途、かつ、鋭角的な性欲

安部　ホモになったか女ができたか、その二つ以外に、俺には二八でこの状態になるのは考えられない。

山田　私はわかる。

安部　二八だよ⁉

山田　でも、相手替えればすぐ復活する。今、草食系男子という言葉があるけれど、あれって絶対相手替えたら草食系じゃないから。（笑）

安部　草食系だろうと肉食系だろうと、二八の頃思い出すとね、ありえない。俺の周りにはそんなヤツ一人もいない。

山田　私は相手替えたらやりたいって言う人をいっぱい知ってる。（笑）

安部　いくら飽きようがなんだろうが、相手は三四の女だよ、一〇日経てば新しい女だよ。

山田　安部さん、浮気心で他に目がいくということはないんだね。

安部　だから女ができちゃったケースは別だよ。だって二八のときに他に女ができたら、一緒にいる女と手も触れなくなっちゃってバレたなんてことあるもん。

山田　一途なんですね。

安部　違う、性欲がね、俺は鋭角的なんだよ。だから他にいいのができたら、ねっ（笑）。ヒヒヒヒ。

山田　一途なんだって言った途端に、それですか。

安部　ちらしの松を食っちゃえばね、梅はなかなか食えないよ。

山田　私、どんなにセックスが上手な男でも、本当の愛情に変わっていったら性欲よりも心のほう優先になっちゃう。セックスは、ほら、下々の者とできるじゃん？（笑）

安部　そういうのはある。外国のポルノフィルムっていうのは伝統的にいくつかのジャン

ルにわかれるの。そのなかの一つに、高貴な若い美しい女が下々、雑多のとやるっていうのがあるんだよ。(笑)

山田　ふふ。『チャタレイ夫人の恋人』は、永遠の真理だね。

安部　気楽なんだよ、そのほうが。

山田　ねー。あ、ダメだ、こんなのヒロちゃんに読まれたら(笑)。伏せ字にしてもらわないと。だけどこの相談者は、夫としたいわけでしょ。夫をどうにかしてその気にさせないとダメなんだよ。でも、この夫、子どもを「他の人と作っていいよ」って。おかしいよ。

安部　ありえないよ。三四の女房が「私やりたいの」と言ったら、普通二八歳の夫は「ああ気がつかなかった、ゴメン」って言うよ。

山田　暗闇で寝てるときを襲う? 布団に潜り込んで。それで使えるようになったら使ってしまう。ヤだ、もう本当、今回は下品。

安部　クククククッ。

山田　ただ、この夫婦の問題はセックスしないことよりもむしろパソコンの前にずっと座っていることでしょう。もしもセックスがなくても二人の時間をすごく豊かにしていれば、そんなに文句出ないような感じがするのね。

安部　けど、パソコンって面白いよ。俺わかる。七五歳の今なら、パソコンがあれば一〇年の懲役でも平気だな。

山田　へえ、ハマったんですか。

安部　知らないんだ？　あのね、動画なんて見始めたら、川の中に飛び込む猫だとかね、可愛《かわ》い～の。

山田　じゃ、そのときに、美しい女が来て「安部さんとやりたいんだけど」と言っても、猫を見てる？

安部　女によるよ。

山田　安藤美姫ならどうする？

安部　安藤美姫ならやっぱり……、パソコンは逃げないよ。（笑）

山田　この人も夫にそう言ってやればいいのに、「パソコンは逃げないけど私は逃げるよ」って。

安部　とりあえずその気になったときに、頂いちゃわなきゃ。ねっ。

山田　でもこの人は自分から言わないとダメ。あ、言ってもダメなのか……。セックスレスは離婚の理由にもなるんだよ。それ以前に、彼女は本当に夫を愛しているのかなぁ。

安部　この三四のおばさんも二八の堅気も……ね、絶対本屋に行ってもあなたの本なんか買いもしないしさ。無縁の人だよ、こういうのは。

山田　半年付き合って一緒になりましたっていうのがよくなかったんじゃない？　半年って恋愛の絶頂期で、これからの人生を一緒に考えていくというところまでいかないでしょ。

そもそこが失敗なんじゃない？

安部　何言ってんの。ヒロちゃんとは、酔っ払って朝起きたら隣にいたっていうんだろ。詠美さんだって、そんなよく考えたわけはないよ。（笑）

山田　んふふふふ。ヒロちゃんには肉親のような、恋とは全然別な感情がすぐに芽生えたもん。だからただ興味を持ったっていうところから外れた、もっと深いものだったんだから。

安部　格好いいこと言って、嘘だよ。嘘だよ。小説家っていうのは嘘の達人がなるんだから、俺は根が正直な男だから全然原稿依頼がなくなっちゃったんだよ。そうだよ。

山田　アハハハハハ。

目指せ！　歯磨ききょうだい

安部　なんでもお節介に人のことに入っていきたがる俺でも、今回は「こんなやつは放っとけ」だな。

山田　セックスがないっていうよりも、むしろ、「子どもがほしければ他の人と作っていいよ」という発言で離婚できると思う。私は離婚するべきだと思う。

安部　今までいろんなご相談を頂いたなかで、本当に考えたくない相談だな。たとえば、猫は撫でたり、目やにがついてたら取ったりするけど、トカゲやカエルにはしないじゃない？　これはカエルかトカゲみたいなもんで、縁なき衆生だよ。

山田　セックスより、慈しみ合いが足りないから、セックスっていうことを理由にしないといけないわけじゃない？

安部　それが言いたいのさ！　それ！　ねっ、愛情がないよ。

山田　そもそも愛情がなくて、セックス以前の問題。この人はそれを認めるのが嫌だからセックスの問題に還元してるだけ。だから女の人も夫に慈しみみたいなもんを持ってないよ。もう離婚したらいいと思う。あっさり結論出しちゃった。（笑）

安部　詠美さん、あのさ、俺、酔っ払う前に言っとくけど……綺麗になった。

山田　あ、そうですか。前髪、彼にちょっと切られ過ぎちゃって〜。（笑）

安部　いやいや本当に。なんて言うのかな、女っぷりが変わったよ。

山田　そうですか？　フフフフッ。

安部　それはね、ヒロちゃんの力だよ。（山口）百恵ちゃんがあんなに神々しいくらいに綺麗なのは、（三浦）友和の力だっていうのと同じ。

山田　うちの父も言ってた。昔、日本橋の高島屋で見かけたけど、清純な美しさと同時になんか妖しい感じで、目が釘付けだったたって。

安部　そういう女でいるのは、悔しいけど友和の力。そう思うよ。だけど、嫌だね、こういう夫。女がそういう状態なのに、パソコンの前に座って気がつかないふりをしてる男は男同士でも嫌だね、嫌。目を背けるよ。

山田　別にセックスがなくてもいいの。手を握り合うとか、そばに座って寄り添うとか、そういうスキンシップまでなくなったら、やっぱり夫婦はおしまいでしょう。

安部　詠美さんとこみたいに一緒に歯磨きすりゃいいんだよ。

山田　歯磨ききょうだいが極意ってことで。(笑)

第十一幕

政治家になりたい主婦

ご相談

関西に住む五〇歳、夫と中一の娘の三人家族です。民生委員を務め、また、三年前から特別養護老人ホームでヘルパーとして働いている経験から、お年寄りや障害者、シングルマザーなど〝弱者〟の権利が奪われていく現実を目の当たりにしてきました。

そんななか、原発事故が起こったのです。一年経っても検証が進まず、「政府は何もしてくれない」と確信しました。いま自分に何ができるのか？　じっくりと考えた結果、政治の場に参加しよう、市議会選挙に出よう、と決心しました。このままじっとしてはいられません。

職場や地域のお母さん仲間は、「出てほしい」「応援する」と言ってくれます。ところが、夫（大手電機メーカーに勤める技術者です）は、「嫁はんが選挙に出たりしたら会社にいられない」と、ワケのわからない理由で反対します。子どもの手が離れ、体も元気に動くいま、娘たちの未来のためにも、自分ができることをしたい。こんな私は、夫が言うように、「ドン・キホーテ」なのでしょうか。

むせないための必殺技

安部　話をする前にお断りしとかなきゃいけないんだけど、俺、この頃、とってもむせっぽいの。主治医に聞くと、脳のどっかにコントロールセンターみたいなのがあって、気管と食道をコントロールしてるんだって。七五を過ぎるとそのコントロールセンターが時々ポカをするんだって。
山田　あ、だから、誤嚥する人がいるんですね。
安部　「俺は誤嚥性肺炎で死ぬんだな」と思ってるけど、酒飲んでゴホンゴホンやり出すのは嫌だから、できるだけ起こさないようにしようと、研究が始まったの。で、たったひと月でその手を編み出したんだよ。偉い老人内科の大家に言ったら、「その通りです」って。どうやったらむせないと思う？
山田　え？　秘訣あるの？
安部　あのね、コーヒーをいただくときは、コーヒーに集中するの。これ（美智子さんを指して）が喋りかけても答えない。コーヒーに集中するの。
山田　笑っちゃわない？
安部　これがしょっちゅう話しかけるから、それでむせるっていうのがわかったの。
安部（妻）　あなたが四時間でも五時間でも食べながら飲みながら喋りまくっているので、

むせるんですよ。

山田　「食べるか喋るかどちらかにしなさ〜い」って、小さい頃、よく親に叱られたよね。（笑）

安部　何でもね、集中するの。そしたら医者の大家が「安部さん、それは真理です」。脳のどっかにあるコントロールセンターは、本人が集中するとやっぱり集中するんだって。

安部（妻）　そんなこと言いながら饅頭を喉につまらせて死んじゃうんです。そうしたら笑ってくださいね。（笑）

山田　その瞬間、何に気を散らしてたんだろうって。（笑）

安部　だから今日、コーヒー飲んでるときは、俺、あんまり喋んないからね。最初にお断りしとかないと、機嫌悪いんじゃないかと思われたらいけないから。

山田　アハハハハ。安部さんむせなくても、私がむせちゃうよ。

安部　今日は、俺、お財布を忘れちゃったの。女房に「お財布忘れた」と言うと、女学生がいっぱい通ってる路上でさ、財布開けて五〇〇円玉を一つ渡された。（笑）

山田　可愛い〜。

安部　格好悪いったらありゃしない。それで電車賃一五〇円使ったから、いま持ってるのはお釣りの三五〇円。誤嚥性肺炎どころじゃない、まるで子どもよ。

山田　でも、子どももむせたりするよね？

安部　それまでは一所懸命、今日の詠美さんはコンパスで描けるほど丸くなってるに違いないとか考えてたのにさ。詠美さん、煙草やめたんだって？

山田　ハワイに行きたいと思って。煙草吸ってると、アメリカ圏行けないから。

安部　ディズニーシーまでだよ。

山田　煙草吸えるか吸えないかでレストランを選ぶようになるのは、嫌だなと思って。あと、ヒロちゃんって吸ったことがない人なのね。でも、寛容だから、気にしないで吸ってたら、だんだん咳するようになってきて……。私のせいで病気になったら可哀相だなと思って、『禁煙セラピー』って本を読んだんですよ。あれは効く。お酒を飲むと吸いたくなるけど、朝起きると知らぬ間に私が座る位置に、付箋つけた『禁煙セラピー』が置いてあるの。あ、やっぱ、やめてほしかったんだーって。

安部　ねえ、大体俺たちのやってることはねぇ、ご相談っていうのに名を借りた、惚気《のろけ》と自慢話なの。

山田　ここでしか聞いてくれないもーん。

安部　愛の物語を語ってるわけだよ。

山田　ええ、ですが何か？

社会貢献している素晴らしい私

安部　さあ、ご相談にのろうじゃないか。俺、読んだ瞬間、あの大臣やってた小宮山洋子、思い出しちゃった。

山田　安部さんにとって、負のアイコンだもんね。(笑)

安部　俺、日本で富士山の噴火かなんかあってみんな死んじゃってさぁ、小宮山洋子だけになったらどうしようって。楽しんごだったら、二人で生き残っても平気だけどさ。

山田　私、無人島で二人きりでその人だけは嫌っていう男、誰かなあ。うーん。……あっ、相談だった(笑)。私、夫が「嫁はんが選挙に出たりしたら会社にいられない」と言う気持ち、わかるんだよね。絶対、会社にいられないよ。だって大手企業はポリティックなことが入ってくるのは嫌うもの。

安部　関西の大手電機メーカーに行ってる亭主っていうのはさ、一応エリートだろうね。その人との所帯で、こういう会話しかできない夫婦って……悲しいね。

山田　政治って知識も要るものだと思うのね。突然目覚めて社会活動をやりたいという人、あんまり感心しない。知識にしっかり裏付けされて関わるんならいいけれど。こういう人、一番苦手。

安部　この関西に住む五〇の方はね、とっても退屈してんだよ。退屈してれば、ジョギングしたり、編み物しようなんて思うのが普通の人よ。けど、この人は、「そんなことよりあの小宮山だって大臣になれる、それのほうがいいわ」と思った人なんだよ。

山田 経済的にも恵まれてると思うのね。娘も手が離れてる。で、暇になったとき、一番何をすれば快感があるのか。原発事故というところに行くっていうのが、なんとも嫌だ。

安部 浅はかだね。

山田 志は偉いんだけどね。

安部 ご相談に二人でのるのはナンセンス。詠美さん一人でいいよ。

山田 ヤだよ。自分はモテてモテて仕方ない人妻とかの相談を一人でやりたいんでしょ。（笑）

安部 俺が一昨日の晩から一所懸命考えていたことを先に言われちゃうんだから。俺も同じ、なんて言ったらバカみたいじゃない。けど本当に、世の中に趣味はいろいろあるんだよ。碁だとか将棋だとかチェスだとか。この人はたまたま「お、うまくいったらとっても威張れるし誇らしいし……」とね。

山田 何欲っていうんだろう。社会に貢献したい欲よりも、自分が素晴らしい人間だって思いたい欲——こういう人っているよね。

過ぎ去りし黄金の日々

安部　……俺にもねえ、過去の栄光っていうものがあるんだよなぁ。いっぱいお金も持ってたしさぁ。
山田　こないだ、ケーブルテレビで安部さん原作の映画やってたよ。
安部　そんな悲しいんじゃなくてさぁ。シュトゥットガルトのメルセデス・ベンツの工場を一人で見学したことがあるの。向こうの重役がついてね。で、ベンツの二八〇を一台、ラインから外させて右ハンドルに換えて、中を白の表革で張らせて、表の色は金のメタリックにした。メルセデス・ベンツには金のメタリックがなくて、新たに作らせて塗ったんだよ。ねっ。金色の二八〇の白の革張り。
山田　エエエ〜。微妙〜っ。私、その車でセックスできない。
安部　その頃、俺の女だったのがさ、寺山修司んところの一六歳の女優だよ。
山田　え、カルメン・マキ⁉　って、あ、時代が違うか。
安部　それが、『素敵なあいつ』って俺のことを書いた本を出して、そこでその車のこと書いてるの。
山田　その人、生きてます？
安部　生きてるよ。高校中退なんだけど、俺が懲役に行ったときに、「あなたが帰ってくるまでに弁護士になってる」と言って、大検で大学入試の資格をとって、上智出て、今、役所に勤めてるよ。

山田　へえ～。『素敵なあいつ』、読みたい。怖いけど。（笑）

安部　四〇万部も売ったんだ。

山田　それ、いつ出た本？

安部　うちの女房が全部隠すから、覚えていない。

安部（妻）　一五年ぐらい前です。

山田　ベストセラーだったら、知ってるけどねえ。

安部（妻）　四〇万部売ったのは、「ロブロイ」のママだった前々妻の遠藤瓔子さんの本です。

安部　それで、俺がその、日本で一台の純金メタリックの……。

安部（妻）　成金みたいですよね。

山田　様式美でしょ、ヤクザの。

安部　俺が小菅の拘置所に入ったら、俺が発音できないような国の男とその大使館の雇ってる日本人が面会に来て、「あのメルセデスをわが国にお売りください」（笑）。俺、売ったよ。

山田　同じ趣味なんだ！　どこの国？

安部　シエラレオネの隣だって言ってたよ。アフリカの黄金海岸に並んでるところのなんとかって国。いまでも、まだきっと乗ってるよ。

山田　きっとその国、クーデターが起きて、黄金は全部削られて、闇の商人かなんかが横流ししてさ、車には民衆の旗が立ってるよ。（笑）

安部　そんなことも思い出したいじゃない？　全部隠しちゃうんだもん。

安部（妻）　しょっちゅう読んでるんですよ。黄金の日々はもうずうっと昔に去っちゃったので。（笑）

山田　私も安部さんも、デビューしたのはバブルの時代で、もう日本全体がイケイケで絶好調な日々。でも、私、アメリカ人と一緒にいたから、あの国の貧富の格差も知っていて浮かれなかったよ、全然。

安部　俺があのとき乗ってたのは、一番でっかいキャデラックのカブリオレだったな。真っ白のやつ。

山田　キャデラックって、日本で乗ってたら恥ずかしくない？

安部　アメリカじゃあねえ、一九七〇年代に製造停止しちゃったの。子分に言って、カリフォルニアのオークションで落とさせて、それを日本でリストアしたの。俺ね、あのキャデラックに乗せて……。

山田　みっちゃんを口説いた。

安部　こいつ、驚きも評価もしてくんないんだから。
山田　安部さんが隣に乗っけてた女は、昔でいう、「ハクいスケ」だったよね。当時は、息吹きかけただけで女を妊娠させちゃう、って感じだった。
安部　ねえ、そういう黄金の日々のことをさ、思い出したいじゃない。明日死んじゃうかわからないんだから。
山田　私、『続・素敵なあいつ』を書いちゃおうかな。
安部　むせちゃいけないから、コーヒーは集中して飲まないと。
山田　小指ピーンと立てちゃって。
安部　ピーン！　ピーン！　昭和四〇年代、女の貞操が三〇〇〇円だった時代が、黄金の日々よ。

区会議員になれば一〇〇〇万？

山田　みんな、車好きねえ。私、車にゴージャスさを求める価値観も、車に男の人が何かを投影するのもわかんないわけよ。前田日明がうちにポルシェで来たときに、「格好悪いから角の向こうで停まってて」と言ったぐらいだからさ。（笑）
安部　俺ね、変な車が大好きなの。
安部（妻）　あなたは目立たなきゃ意味がないんです。

安部　（無視して）だから、売るとき安いの。それで腹が立って、環八に中古の自動車屋を作ったんだよ。子分で一番嘘吐きでずるい奴をそこの社長にして、「セントラルオート」ってのを。一時は中古の自動車屋の大手だったんだぞ。

山田　安部さん、黄金の日々でいろいろやってたんだね。

安部　俺たち、回答者だよな。

山田　そうだった（笑）。この人、民生委員やヘルパーをやってたとき、すでに問題意識持っていたはずなのに、なぜそのときは政治をやりたいと思わなかったのかな。もし本当に政治に関わりたいと思っていたら、そういうところでやってきたことをもっと突き詰めていかないと始まらないと思う。それに、お母さん方も「出てほしい、応援する」と言ってくれてますって……。父母会の役員選ぶんじゃないんだから。

安部　俺ねえ、六五になったとき気がつくの。国民年金も入ってないんだよ。年金ってものに縁がねえんだよ。

山田　ヤクザのときは、健康保険ってどうしてたんですか？

安部　「ビッグ・ナオ・プロモーション」っていう会社やってた。昭和四〇年に設立したすごい会社。

山田　それも黄金の日々？

安部　儲かることなんでもやったんだよ。日本で初めて有料の講演会をやった会社だよ。

山田　会社の中も金張りとかだったんじゃないの？

安部　（無視して）小松左京さんが『日本沈没』を書いたときに、小松左京さんをメインにした講演会をやって、三上寛に「日本沈没のブルース」ってのを歌わせたんだ。入場料は一〇〇〇円だった。

山田　ビック・ナオ・プロモーションで健康保険は入ってたんですか？

安部　そんなの覚えてない。

山田　お母さんの保険に入ってたんじゃないですか。私、作家になるまでは、親の保険証だもん。作家になって文藝家協会に入ったから、いまは文藝家協会の保険に入ってるけど。

安部　俺の生活の心配してくれる奴はね、女房に貯金も家もみんな慰謝料で渡して、離婚したことにして、いまの仕事部屋を女房から借りてることにして、電話やテレビを外して、生活保護を申請すんのが一番いいって教えてくれるの。離婚の慰謝料は免税なんだって。

山田　偽装離婚。ダメだよ、それは。

安部　もう一つは、ある区会議員のジイさんが俺に言うの。「自民党から出て区会議員になれば一〇〇〇万になりますよ」って。「どうやったら一〇〇〇万になるんだ」と聞いたら、商店街の大売り出しのときにわざとそこで水道工事かなんかやると、商店街が一〇〇〇万円持ってやめてくれってくるんだって。いろいろ余禄があるってことさ。

山田　え〜っ。一〇〇〇万。政治家になりたいと言う人が出てくるはずだね。

安部　区会議員でも「視察旅行に行く」と言うと、中央競馬会が餞別一〇〇万持ってくるんだって。

山田　何のために？

安部　できるだけ人が集まってる会議で手を挙げて、「なんで競馬にだけ天皇賞があるんですか？」って質問するんだって。毎年それをやってると、中央競馬会のほうから言ってくるんだって。「半年に三〇〇万ずつ持ってきますから、やめましょうよ」。（笑）

安部（妻）　政治家もヤクザも構図は一緒ってことですね。

安部　俺、そいつに区会議員のなり方教わったよ。「最初どうすりゃいいんだ」って聞いたら、「道歩いてて、目が合った人ににっこり会釈をして」。（笑）

山田　ああ、なんか、池上遼一の『サンクチュアリ』を思い出した。でも、政治家になるってことは、そういう種類のこともわかったうえでなきゃね。素人が「私は善意を持ってるのよ」というだけでは務まらない。

「誰でもなれる」と思わせる政治家の罪

安部　ご相談にのらなきゃ。

山田　思い出した！　無人島で二人になりたくない男。杉村太蔵。あの嫌な感じって中学の頃、森田健作が嫌だったのと通じてる。

安部　わかる。千葉県に住みたくないっていうのは、森田健作が嫌いだからっていうのが大《お》っきいの。

山田　こないだテレビ見てたら、片山さつきが出てきて、別に彼女を好きでもなんでもないんだけど。

安部　俺は大嫌い。

山田　隣にいた杉村太蔵が、彼女に話させないようにガンガン話してて、うるさいなあと思った。生活保護の話だったけど。

安部　けどさぁ、俺が女だったら森田健作や杉村太蔵より嫌だなあと思うのはさ、片山さつきの前の亭主。

山田　舛添さん？　なんで？　そんなに嫌い？

安部　ああいうのがマスコミに煽られて、大阪の橋下みたいになったらヤバいなと思う。日本では誰が煽り立てられるかわかんない。小泉だってマスコミが煽るまではただの横須賀のチンピラだよ。

山田　え、あの髪形なのに。（笑）

安部　ご相談に戻るとさ、俺が何日か前から用意してきたことは、全部、前にいる小説家が喋っちゃったから。ねっ。けど、この女の人は、思い立って趣味でやろうとしてることに、能書きをつけすぎるんだよ。

山田　娘に反抗期が来て、「渋谷でオールナイト」みたいな感じになってきたら、この人、絶対に原発どころじゃなくなると思うな。それでも政治家になりたいんだったら、どうぞ。

安部　娘にも夫にも尊敬される暇潰しは何かしらん、って小賢しい頭で考えたんだよ。

山田　女性の転換期というか、自己実現をするための最後のチャンスが五〇歳だと考える人って、すごく多いと思うんですよ。でも、五〇歳になってバレリーナになろうと思っても無理だし、無理なものっていっぱいある。でも、小説家なら「やれる」って思われるんだよね。政治家も同じなんじゃないかな。だけど、たとえば安部さんも私もハチャメチャにやってきてるように見えて、物書きとしてトレーニングは積んできたと思うのね。だから政治家になりたいって本気で思うなら、こんなふうに相談して人に委ねないで、勉強しないと。

安部　けど、勉強してない、杉村太蔵でもヤワラでもやれる商売だから。

山田　タレント議員をもてはやす政治の世界は、本当にクズだと思うよ。

安部　俺が小賢しいって言ったのは、それを指して言ってるんだよ。ねっ。

山田　プロレスラーとかがいきなりなんの知識もなしに政治家になろうとする。でも、問題は彼らにあるというより、タレント議員だから票が集まるだろうと思って選挙に出す、後ろにいる人たちだよ。まあ、入れるほうも入れるほうだけど。

安部　俺はいまね、日本のすべての政治を志す連中にうんざりしてるんだよ。民主党に投票して政権交代をさせた一人だと思うと、懲役に行くべきだとすら思う。「蓮舫」なんて書いたんだもん。しまった。

山田　若い別嬪さんだったからでしょ、しょうがないねえ。私は、「僕たちは政治を学んできたプロ」って堂々と言える気構えがある人たちが政治をやっていたら、こういう素人オバさんたちは来ないと思う。

安部　そうだ、そうだ。

山田　空論にならないための机上のことは大事だよ。

第十二幕

「尻軽女」といわれて

ご相談

三八歳、既婚、旅行代理店の窓口で働いています。高校生くらいからモテ期が続いています。職業柄、誘われればお茶くらいは飲みますし、「人生一回きり、好きになった人は拒まない」がモットーなので、深い関係になることもあります。スルスルと相手が寄ってくるのです。

結婚生活のルールだと思うので、ほかの男性とお付き合いしていることは、夫には内緒にしていますし、ステディな相手を作るわけでもありません。夫は尊敬できる人なので、ずっと二人で生きていきたいと思っています。

ところが、先日、親友に、「あんた、いい加減に刺されるよ」と真顔で言われてしまったのです。いままで彼女にはすべてを話してきましたが、軽蔑した口調は初めてだったのでショックでした。また、日々の私の言動が面白おかしく発信された同僚のツイッターを偶然に見つけてしまいました。そこには「尻軽女」と書き込まれていました……。好意を寄せてくれた男性とお付き合いすることが、そんなにいけないことなのでしょうか?

安部さんの黄金時代⁉『素敵なあいつ』

安部　詠美さん、こんにちは。あれ、何を買ってきたんだい？

山田　こんにちは。ここに来るときに美味しそうなパン屋さんがあったので、ヒロちゃんが朝に食べるパンを買ってきたの。

安部　まだ新婚さんだもんな。

山田　実態は、もう長年連れ添ってる夫婦ですよ（笑）。ヒロちゃん、無事国家試験に受かって病院に勤めだしたので、朝、六時には起きて家を出て行くのね。だから、パン買っておいてあげなきゃ。

安部　ほほうっ。じゃあ、ヒロちゃんのいない間、詠美さんはお仕事してるんだ。

山田　私は一〇時頃に歩いて仕事場に行って、一一時ぐらいから四時くらいまで小説書いてるんですよ。それからスーパーに行って買い物して、夕飯の支度するの。ヒロちゃん、帰ってくるのも遅くってさ。

安部　正しき夫婦生活を送ってんだね。

山田　あ、そういえば、私、前回話題になっていた本を、読んだ。安部さんの元の彼女が安部さんの黄金時代を書いた『素敵なあいつ』。

安部　……。

山田　もう〜……面白かったよ。でも、なんで『素敵なあいつ』ってタイトルつけたんだろう。
安部　……。
山田　安部さんの名前は違ってるんだけど、すぐにわかるよ。周りの人たちが本名で出てきて、知ってる人たちだから。
安部　ねえ、聞いて聞いて。俺さ。
山田　あ、話題変えようとしてる。
安部　教えたげる、教えたげる、俺この前、すごい、もう天の啓示みたいにひらめいたことがあるの。（笑）
山田　また？（笑）
安部　残念なことに、俺の周りには、喋る相手がこれ（横にいる妻の美智子さん）と猫しかいないんだよ。行きつけの近所の飲み屋までも、七〇〇メートルあるんだよ。そのひらめいたことをこれにしか言えないから、もったいないけどきっと喜ぶと思って言うとさ、バカにするの。
山田　アハハハハハ。それで『素敵なあいつ』だけどさ、文章、うまかったよ。話を聞いたときは、安部さんが有名になったことに便乗して、若い恋人が暴露本を書いたと思ってたんだけど、違った。彼女が書いたのは四〇歳を過ぎてからなんだね。だから、わりと客観視できていた。
安部　女優だった女でね。服役した俺の弁護士になるっていう意気込みで、あの頃一五科目あった大検を通って、上智に受かったんだよ。
山田　賢そうな人だもんね。『素敵なあいつ』に書かれている語彙が、昔からの本を読んできた人のそれなんだよね。でも、かなり赤裸々だから参っちゃった。ばつが悪いっていうか、親戚のおじさんの見たくないところを見せられた感じで、何度も本を閉じたくなった。（笑）
安部　……。
山田　不朽の名作として語り継ぐよ、私は。
安部　あんまりイジメないで……。
山田　フフフ。

自慢したがりの男と女

安部　さあ、俺の話はいいから、ご質問にお答えしようじゃないか。あのね、お互いに覚えがあるけど、男も女も、できちゃった相手を見せびらかすことない？
山田　あります、あります。
安部　ねっ。ねっ。絶対、この三八歳の女は、自分でちょっと綺麗でちょっと可愛いと自惚れていて、「男が誰も放っとかない私」なんて思ってるの。で、賭けてもいいけど、亭主も同じことやってるよ。

山田　「尊敬できる人なので」という夫ね。これ、仮面夫婦だよね。

安部　ね。尊敬する夫も、もう、会社の周りのバーだとか居酒屋とか、ガソリンスタンドにまで、できた彼女を見せびらかしてるよ。俺、一〇〇万円賭けたっていい。この相談者は、自分だけ男に言い寄られて、モテる女だって思い込んでるけど、亭主にしてみれば、亭主のことは全然知ろうとしない、探りもしない扱いやすい女なんだよ。だから、この「あんた刺されるよ」ってチクった友だちっていうのは……。

山田　旦那とできてる？

安部　もしかしてできてて……。

山田　だとおもしろいよねー。

安部　だんだん詠美さんの小説みたいになってきた。

山田　アハハハハハ。これ、誰に刺されるの？　夫に刺されるの？　付き合ってる男たちに刺されるの？　どっちにしろ、この人と付き合ってる男たちは刺さないと思う。だって彼女は、男からすればすごく都合のいい女じゃない。旦那とは絶対別れないでいてくれるんだからさ。

安部　男の俺に覚えがあるのは、渋谷や有楽町の駅前で、人の波があるじゃない？　そうすると二人に一人ぐらいは女なの。その二人に一人の中の、五人に一人は「あ、やらせてくれるといいな」と思うような人じゃない。

山田 そんなにいっぱいいたら幸せだね〜。天国じゃない。

安部 その五人に一人の中の「あんな人がやらせてくれるといいな」と思う人のさらに一〇人に一人ぐらいは（滝川）クリステルなんだ。俺、会社員で混んでる交差点を見て、「こんなにいい女がいっぱいいるのに、どうして一人もやらせてくんないんだ」とよく思ったもんだよ。

山田 滝川クリステルって、新しいラインナップが出てきた。（笑）

安部（妻） もう五年前くらいから言ってます。

山田 安部さんの好みは多種多彩すぎて、ないも同然ね。

安部 ……なんでこの話をしたかというと、スケベな尻軽女というのは、いてくんなきゃ困んのよ。身持ちのいい、男にやらせない女ばっかりだったら、北朝鮮と戦争になるよ。

山田 私、尻軽男もいなくちゃダメだと思うの。

安部 そうでしょ、だから持ちつ持たれつなんだよ。

山田 人類愛を標榜していてほしい。

安部 ただこの人は自己顕示欲が強くて、方々に見せびらかしたりなんかするからさぁ……。

山田　だからこっそり遊んでるぶんにはいい感じの悪女になれると思うのね。それが、わざわざ「スルスルと相手が寄ってくる」と言っちゃうところがさ。(笑)
安部　男だったら、女ができると嬉しくてガソリンスタンドにまで連れていくやつだよ。
山田　安部さんと同じタイプだね。
安部　そう、俺もこのタイプ。もうズルいから、いかにも「この女とは昔からできてる」みたいな顔で見せびらかすの。初めて一緒にバーに行ったとしても、「お前はカンパリソーダだったな」なんて言うの。
山田　見せつけられてるほうは辟易してるもんだけどね。(笑)
安部　でもさぁ、テレビに昔やったのが出てくると、俺、もう……。
安部(妻)　逆に無口になる。
山田　結構、テレビに出てくるっていうことなんだ。
安部(妻)　私がテレビを見て「この人の髪形いいね」とか言うと、なんか妙に無口になりますよ。
山田　アハハハハハ。素敵なあいつだ、素敵なあいつ。
安部　……。

尻軽女たちのモテ期とはいつぞや

山田　で、この人、モテ期が続いていると言ってるけれど。
安部　モテ期って何？
山田　モテる時期。
安部　俺は、うんと若い頃だよ。
山田　自分のことを考えるに、モテてたというのは同時に、来る者を拒まず、節操がなかったという時期と重なっていますね。
安部　だからねえ、朝になってお化粧もはげた顔を見て、この女と俺は本当にやったのかと思うんだ。おかしいね、若い頃って、一杯飲むごとに女がどんどん綺麗になってってさ。
山田　私もそうだよ。どんどんいい男になっていく（笑）。だから、この人もモテ期とは言ってるけど、そんないいもんとは違うと思う。やっぱり、やりたいと思わせるような隙があるということ。「どこが悪いんですか」と言うんだったら、それを貫かないとね。
安部　尻軽女道を貫けーッ。
山田　私が赤坂の「ムゲン」とかで遊んでた頃なんて、周り全部が尻軽女だったから、よっぽどのことがない限り目立たないわけよ（笑）。尻軽女同士が取っ組み合いの喧嘩してるようなのが毎晩だった。でもね、その子たちって、尻軽なんだけど、それは一人の人を見つけるためなの。「ミスターライト」を見つけるために尻軽を極めてて、好きな人ができるともう一途になっちゃうんだよ。それで、取り合いの喧嘩になるんだけどさ。

安部　男の立場から言うと、その尻軽女たちの中からめぼしいのを一人、こっち向かせるじゃない。そうすると、ほかの尻軽女がみんな俺にやらせるから面白いねえ。対抗心があってさぁ、「私のほうがいいでしょ」って、ひとかたまりになって攻めてくるんだから、それを全部やっちゃうと大変だよ。

山田　大変だよって（笑）。本当にやったんですか。

安部　やったさ。けどさ、男がほかの女と入籍するじゃない。区役所に行って書類出しただけのことで、もう潮が引くみたいにやらせなくなる。あれはどういう倫理観なのかねえ。

山田　他人の持ち物に興味ないってことでしょ。特に生理的な嫌悪感ってあると思う。粘膜と粘膜を接触させるんだから、人と共有したくない。男にはそういう感覚はないですか。

安部　俺ね、女がいい男といると、焼き餅じゃなくて対抗心っていうのかな、俺のちんぽこと比べてみろ！　みたいな感じになるの。

山田　そんなとこで負けず嫌いって……。私、毎回言ってますけれど、女から言わせればそこは問題じゃないんです。

安部　でも、男は俺と一緒だよ。俺のところに網の目をくぐってこぼれてくる迷惑メールは、ほとんど全部が、どうやってちんぽこを大きくするか、硬くするか。

山田　そんな迷惑メール、普通は来ないよ（笑）。安部さんのアドレスが漏れてるんだよ。
安部（妻）　狙い撃ちされてます。
安部　だってエロビデオのところをクリックしたりすると、パソコンがフリーズしちゃうんだよ。
山田　そんなとこ、クリックするから……。ヘビーユーザーだと思われてるんだよ（笑）。届いても文句言えないよ。
安部　エロビデオにはいろんなコラムがあるの。それを押してごらん。大変だよ。みんな、こんなことやってるんだって驚くよ。

これが「恋」だとわかった瞬間

山田　安部さん、枯れてるんだか枯れてないんだかわかんない。ちゃんと質問の回答しましょうよ！　この人、三八歳で微妙な年齢。今、モテてると自分で思っていても、あとはどんどん下り坂になっていくかもしれない。そのときのために夫を保険にしているとしたら、ズルい。
安部　それはそうさ、ズルいんだよ。けど夫はきっと、もっと達者なやつで、もっとズルいかもしれないよ。
山田　私もそう思う。だって同僚にツイッターで「尻軽女」って書き込まれてるわけじゃない？　夫は……。

安部　百も承知だよ。

山田　そんな気がする。

安部　彼女、保険をかけてると思っていたら、いつの間にか失効に……四二～四三で失効になるかもしんないぜ。

山田　こういう人ってさ、しっぺ返しが絶対くるんだよねえ。

安部　あと二、三年経って、保険だと思ってた尊敬できる夫に離婚騒動でも起こされたら、ひとたまりもないからな。

山田　でも、一〇年経っても同じことを言ってたら、えらいと思う。

安部　けどさ、この前、三つ年上の学校の先輩の奥さんに会ったの。七五～七六歳だと思うんだけど、三寸のハイヒールをはいて、もう神々しいぐらいに綺麗だったよ。

山田　いるよねえ、時々。

安部　いるんだよ、本当にお化けみたいな女が。その昔、「都をどり」を観に行ったとき、地唄舞の武原はんさんを見かけたの。車から降りて、そのまま道を横切ってビルに入るまでの、楚々としたフットワーク。あんまり素敵だったんで、ヤクザだった俺が拍手したんだよ。そしたら立ち止まってスッと会釈なさって。あんな素敵なおばあさん見たのって……。

山田　安部さんがブイブイ言わせてた時代だね。

安部　俺、それまでダンサーとばかりやっていたから、日本舞踊の人なんて知らなかったんだよ。

山田　安部さん、ダンサーフェチなんだ。

安部　俺と同年配の男って、大体そうだよ。

山田　でも、身体が崩れてないから、かえってセクシーじゃないんじゃない？　私、微妙に崩れてる人がいいなあ。

安部　今度、『シカゴ』のＤＶＤ貸してあげるよ。あれには、素敵なダンサーが五〇人も出てくるよ。

山田　出てくるけどさぁ、その人たちと寝たいとは全然思わない。

安部　俺はみんな！　けど、かあちゃんが難しい顔してるからさぁ。

山田　さ、質問に戻らなきゃ。私は、この人、本当の意味での快楽を知らないような気がするんです。知っていたら、「拒まない」ってこと、できないと思うんだよね。よく、「『本当の恋愛』とか『本当のセックス』って人によっていろいろあるんだし、本当って言葉自体がおかしい」って言う人がいるんだけど、それは、知らないから。オーガズムでも恋愛でも、「あ、これか」とわかる瞬間がある。そうなれば、もう本物か偽物かなんて説明の必要がなくなるんだよね。

安部　詠美さんは「これが本物の恋愛だ」とわかった瞬間があったってことだな。いくつだった？

山田　二二～二三かなぁ。それまで経験はいっぱいあったつもりだったけど、あるとき「ああ、こういうことなんだ」と思ったの。もうプライドなんかなくなって、自分が惨めになるぐらい嫉妬心を出してしまって初めて、「ああ、身も蓋もないってこういうことを言うんだな」という瞬間が訪れて……。「これが恋愛ってもんか」と悟りました。心が体に追いついた瞬間だったのね。そのとき、古今東西、小説でも映画でもドラマを作ってきたのはこれなんだ、というのがわかったの。

過ぎてしまったものだから――忘れた恋の数々

安部　俺は、悲しいけどね、恋だとか愛だとかいうのは謳い文句としては知ってたけど、それはやるためのバックグラウンド・ミュージックでさ。やりたいから口説く。たぶん女も、やりたいからさせるんだろう、と思っていた。だから、恋とか愛は、実は、そういうフリをしてただけなんだ。ただ、「ああ、この女に惚れられてた」っていうのは……あるよ……。

山田　でも執着ってあるでしょ、その女の人から離れられないということが。

安部　それはね、俺の場合は、あとで気がつくことなんだよ。

山田　そっか。私、執着と恋とは似てると思う。絶対分けられないものだと思うのね。あと独占欲。

安部　それは、セックスとは関係ないな。俺の場合は、「あ、この女に本当に愛されたんだな」と思うのは母親だったり、それから、死んだ元の女房だな。若い頃に俺が日本航空をクビになったときに、ヤクザだからそのまま渋谷の事務所に戻るんだよね。そのとき「私はこのままスチュワーデスしてあんた養ってあげるから、外国の大学出て堅気におなんなさい」と言った女が、この人の前々任者。

山田　それ、赤坂のほうの「ロブロイ」やってたママ？　私よく行ってたんですよ、ダグと結婚してたころ。彼女すごい英語がうまいから、都心に出ると、ダグが行きたがってね。

安部　あの人は、英語よりフランス語ができた。当時日本航空でフランス語をネイティブと同じように喋れるスチュワーデスはあいつだけだったから、フランスの大統領なんかの専用機には必ず乗せたもんなの。それだけでもスケベ女ってわかるじゃない。ねっ。

山田　いつ亡くなったんですか。

安部　八、九年前か。今でもね、命日のお弔いは、俺の子分だったヤツが集まってやっている。子分連中に、とっても人気があったやつでね。

山田　なんかわかる。素敵な人っていうか、すごい優しい人だった。安部さんの恋人も知っているけど、安部さんって、女にとってはゾクゾクする相手で、きっとみんな夢中だったと思うよ。で、安部さんはそういう子たちに恋してなかったというんだから、そのつれなさも追いかけたくなる要因だったかも。

安部　俺はこの年になっても、七五歳になった今も、やりたいゆえなのか恋なのかわからない。恋を唱えてただやりたいだけなのかもしれない。

山田　そうかそうか。でも、やりたいって思うことと相手への執着が重なったときが、恋なんでしょ。

安部　終わってからわかるんだよね、「あ、恋だったんだな。俺、恋をしたんだな」って。

山田　恋、してるんじゃない。

安部　思い出すまでもない終わり方をした恋もあったに違いないんだな。それはみんなもう、思い出したくないから、忘れちゃってるんだよ。なっ。

山田　過ぎたものはあんまり思い出したくないよ、どんな恋でも。

安部　ねえ、思わないかい、詠美さん。忘れることができるから、生きていけるんだよ。これがもし恥ずかしいこと全部覚えてろって言われたら、狂い死にするよ、俺でも。

山田　もしくは、恥ずかしさのあまり小説書いちゃうね。

安部　若いときの恋を思い出したら、俺でも自殺しちゃうと思うぐらい情けなくて恥ずかしいことばっかりやってた。

山田　昔、倉橋由美子さんが「私は恋愛をしないのよ。なぜなら愚行だから。私はセックスもしないのよ、なぜなら不衛生だから」と言っていて、それが格好いいなと思ったんだよね。

安部　それでさ、この三八歳の方のご相談だけど。

山田　もういいよ。モテてよかったですね、で。

安部　そうだな、いいやな。

山田　うん、それより『素敵なあいつ』だよ。その話、しよッ。

安部　……。

第十三幕

仕事がありません！

ご相談

明治大学文学部四年生です。昨年、就職活動をしたのですが内定がもらえず、就職浪人をしました。二年目の就職活動中ですが、まだどこにも受かっていません。二〇〇社くらい落ちています。不採用通知をもらうたびに、「この社会に自分の居場所はあるのか？」という不安が強くなります。

二年目の四年生なので、授業も少なく、就職活動以外は、バイト生活です。私はこのままバイト人生でも仕方がない……と半ば諦め気分ですが、親は、「とにかく正社員になれ」の一点張りです。でも、「女の子だからといって、パラサイトはさせられない」とも言われて、毎日が憂鬱で、すり減った靴の踵を見てはため息をついています。

就職活動に有利になるかと思い、パソコンの資格などは取っていますが、「〇〇になりたい」というような将来の夢はなく、希望も持てず、相談する相手もいません。いろんな職業を経て、小説家になられたお二人に教えてほしいのです。仕事って、何ですか？

学費を払い続けて大学を出てみれば？

安部　俺、この質問が届いたとき、まず仕事部屋であれこれ考えたんだよ。それからこいつ（美智子さんを指して）に聞くのよ。「おい、これどうすんべ。俺はこのお嬢さんと読者に『なるほどね、安部譲二ってすごい』と思われること言わなきゃいけないんだ。お前も考えろ」。

山田　アハハハハ。変なのぉ、すごいって言われたいんだ。

安部（妻）　常に「すごい」と言われたい。（笑）

安部　俺は大学行ってないんだよ。こいつは、ちゃんと四年制の大学を出てるのが密かな自慢さ。

山田　そりゃ私も中退だから羨ましいよ。（笑）

安部　「憂鬱」も「薔薇」も書けるのが自慢なんだよ。

山田　じゃ、「醬油」も「石鹼」も書けるんでしょ。（笑）

安部　だから、俺言うの、真面目に。「お前んちのおとっつぁんは三人の子どもを大学出した、それはすごいことなんだぞ。今なんて、月謝が大体一〇〇万もすんだぞ」。

山田　私も姪三人を出しましたよ。

安部　見上げたもんだね。

山田　うちの妹たち、一人は旦那さんが他界しちゃって、もう一人は子どもが赤ちゃんのときに離婚しちゃったんです。とても私立とかに行かせる余裕はないから、「ちょっと私に任せなさい」という感じでね。姪の一人はまだ大学生、明治学院に通ってます。もう一人は調理の専門学校へ行って、就職が無事に決まってめでたしめでたし。一番上の姪は某ファッションブランドに就職しました。

安部　今日は詠美さんが主役だよ。

山田　え〜、やなこった。面倒くさい。私、主役とかすごぉく嫌なの。

安部　この娘さんの両親が明治大学に五年間も月謝を払い続けたのは、娘が大学を出れば幸せになるだろうと思ったからさ。でも、現実、娘は幸せになってないようだ。

山田　この親、悪くないじゃないですか。「パラサイトさせられない」というのは、ある意味、子どもをきちんと突き放している。

安部　俺、子どもが「大学に行く」と言ったら、「大学出てからどうすんの？」って、聞くと思うんだよ。でも、日本人の半分以上は目的を持って大学行ってないよね。この人もそう。大学出て、幸せな道を歩くはずだったのに、ドアを開けてもくんないという時代よ。

山田　でも、「今の時代は夢がないから若者が可哀相だ」と大人は言うけど、そんな親切にする必要ないと思うんですよ。時代のせいにしちゃいけない。戦争中に夢があったのかといったら、その種の夢はなかったわけでしょ。私、答えは一つしかないと思う。「仕方ないじゃん」。

広島戦争の報奨金二〇〇万円が入学金！

安部　詠美さんはどうして明治大学を受けたんだい？

山田　硬派なイメージの大学がよかったんです。特別に明治に行きたかったわけじゃないけど、大学行ったほうが職業の選択の幅が広くなるっていうのはわかってた。とにかく文学部に行きたかったの。「文学」そのものに浸れるんだろうなと思ったから……。でも現実は、そうでもなかったわけ。自由にやりたくて「学費も生活費も全部自分で払うから、好きにやらせて」と親に言ったもんだから、バイトバイトの人生になっちゃって、結局、中退しちゃったんだ。私、大学に行ってるときから大学生が嫌いでね。今まで小学生も中学生も高校生も小説の主人公にしてるけど、大学生だけはしたことないんですよ。

安部　どうしてだい？

山田　親に食わしてもらってるくせに、したり顔で話すから。（笑）

安部　ムゥゥ〜。けど……。

山田　ただね、入っといたほうがいいこともいっぱいあると思うの。入っていれば大学がどういうとこかわかるし、ヘンなコンプレックスを持たなくてすむし。安部さんには大学を出ていないコンプレックスなんてないだろうけれど。

安部　お袋は死ぬまで、宝くじを買い続けてたよ。「お前を大学に行かせてやる」って。行かせられない経済状況じゃなかったんだけど、オヤジが隠居してたから、俺を大学にやれるほど自由になるお金がお袋にはなかったんだろうね。

山田　でも、安部さん自ら、大学へ行かないことを選んだんですよね。

安部　違うんだよ。俺は高等学校出たのが二二歳、その後、日本航空に入って四年間、ヤクザと二足の草鞋を履いていた。パーサーとして空を飛びながら、陸にいる時間も結構多いから、日大の芸術学部を受けたんだ。試験は通ったけど、面接のとき、なんて言われたと思う？「君、この年でなにしてるんだ」。「日本航空です」と言ったら、「じゃあもういいじゃないか」だって。俺は腹を立てて「大学ってそんなところですか」と言って、やめちゃったの。

山田　日芸行ってたら、違う人生だったんじゃない。（笑）

安部　でも結局日本航空をクビになって、安藤組も解散したから、路頭に迷ったんだ。そのときまた大学に行ってみようかなと思って、今度は慶應の文学部を受けて通った。俺、そのとき、たまたま二〇〇万円持ってたの。広島戦争の報奨金だよ。

山田　『仁義なき戦い』みたい。

安部　広島の駅で、広島の親分から「安部、ご苦労だったね」と貰った金があったの。安藤組はもうないから、そっくり俺の金だよ。汽車ん中で数えてみたら、二〇〇万円あった。

慶應に入学金払って、ガイダンスっていうのに行ったら、教授が「その年で大学を出ると三〇歳になるぞ。それからなにするんだ」と。

山田　勉強バカの典型だね、その教授。だって大学って何歳になって行ってもいいわけじゃない。

安部　俺が「大学出たやつと出てないやつは顔つきが違う。ああいう顔つきになれると思うから入るんだ」と言うと、「今までまともだった様子がないな」って。「だから試験したんでしょうに」と俺は言って、ほとんど喧嘩になっちゃった。

山田　安部さん、若かったんだね。今だったら、大学の図書館とか全部利用して勉強してやる！　とか思えたんじゃないですか。

安部　図書館以上のことを教えるのが大学でしょ。それに、なんかねえ、……学習院かなんかに入ったみたいな気になっちゃったのね。

山田　アハハハハ。それは？

安部　周りのヤツらがずっと年下で、みんな安倍晋三みたいな顔をして俺を見るわけ。あいう目つき、あんじゃない。

山田　上から目線ね。当時の慶應なんていったら鼻持ちならない感じだったんでしょうね。学費も高かったんじゃない？　そういや私が明治を選んだのは、学費が一番安かったからだよ。

安部　入学金に施設拡充費とかも払わされていたから、それを後から「全額返せ」と言って、一一〇番されちゃうんだけどね。

日本一の小博奕王

山田　勉強したかったんだね。
安部　俺さぁ、いろんな大学に聴講生で行ったよ。高いとこは一年で二万円、安い大学で一万二〇〇〇円のとこもあったけど、駒澤大学の文学部にも一ヵ月に二時間、聴きに行ったよ。「先生、五年通ったら返り点が打ってなくても漢文がスラスラ読めるようになりますかね」って聞いたら、「無理だな」（笑）。亡くなる前の長谷川町子さんも、聴講生で来てたよ。
山田　お二人とも、そんな年で向学心あるって素敵じゃないですか。
安部　五反田にある星薬科大学っていうところにも行ったよ。
山田　星新一さんの一族がやってる大学ですね。
安部　おいしいヒロポンを自分で作ってやろうと思って。
山田　そういう不純な動機。（笑）
安部　二年も聴講生で行って、『日本薬局方』って分厚い本も買ったのに、肝心なことを教えないの。たとえばメタンフェタミンを作るときに、何と何を化合させて作るかは教えてくれるけど、「そのとき気圧は何気圧でしょう」と質問すると、「それは教えません」。だからね、素人が作ろうとしても、何気圧かけていいかわかんないからよく爆発事故が起きんじゃない。

山田 そのときはヤクザをやめるつもりはなかったんですか。

安部 だって、ヤクザのほかに飯の食いようを知らないもん。

山田 勉強したかったのは、やめたい気持ちもあったからでしょ。

安部 あのね、さっきも言ったけど、共産党は共産党の顔をしてるし、泥棒は泥棒の顔をしてるし、大学を出てる人は大学出の顔をしてるんだよ。

山田 安部さんは大学を出た顔が欲しかった。

安部 だから、俺、よく、女房に「あいつ何々をするぞ」って先を読むの。（笑）

山田 そしたらテクニック磨いて、偽医者にもなれたね。

安部 俺、内科の医者だったら明日からやってやる。あのね、パキスタンにはストローでウオノメを治すやつがいるんだよ。

山田 安部さん、ここ（右手の親指の付け根を指して）、ちょっと触ってみて。私、やっと新しい小説を書き終わったんだ。

安部 まだウオノメにはなってない、タコだよ。

山田 これ、不思議なことに、小説を書かないでいるとなくなるんだ。ところが小説に集中し始めるとすぐに盛り上がってくんの。この正直者は何ですか。

安部　小説ダコだよね。俺はもうパソコンだけど、右手の人差し指のタコはなくならないな。

山田　小説家になるまで、ヤクザやめようと思わなかったの？

安部　やめようと思ったことは何度もある。俺は度胸がなくて、博奕も「渋谷の少年小博奕王」と言われて、小博奕なら日本一だけど、大人になって博奕が大きくなると、急に勝てなくなったからさ。

山田　小博奕ってさぁ、小商いとか小ずるいとかの小でしょ（笑）。ちょっと悲しいじゃん。

安部　小っていうのは、たいていちょっとバカにされるんだ。（笑）

山田　っていうか、地道に働くアドバイスしなきゃダメだよね、私たち。

安部　そうだよ、そうだよ。

自分で自分を食わせることから始めよう

山田　私は漫画家になりたかったんだけど、すぐに「絵が下手だ」と客観視できてやめちゃったんだ。「これになりたい」と思うのは重要だけど、「これに向かない」と見切るのも才能だと思うんです。私、あのまま漫画を描いてたら、いまだに漫画家志望だよ。

安部　漫画の才能を見切ったのが大学生の時だったから、今の詠美さんがあるんだと思う。俺は見切ったのが四三だもん。それまでヤクザだけじゃ食えないから、興行師もやったし、儲かることはなんでもやったよ。足を洗えなかったのも、結局はお金が入ったからだ。

山田　あれって、やっぱりドラッグみたいなもんなのかな。一回入ったら足抜きできない？

安部「四〇過ぎるまで代紋背負ってたら堅気には戻れない」というセオリーがあんだよ。単純に経済的なこと。チンピラの頃は一〇〇万円借りてるけど三〇万、四〇万と貸した相手がいるから健全経営なんだよね。それが四〇にもなると、貸し金の分が五億円で借り金の分が七億円なんていうスケールになってくる。足を洗うと、貸した金はもう回収できないけど、借りの分は残るんだよ。だから、俺、堅気になるとき、子分や若い衆が「堅気になってどうするんですか」「なんかアテがあんですか」って。もう自殺行為だと、みんな言った。

山田　ふうーん。

安部　売れない原稿書いて貧乏もしたけど、なんとか出版にこぎつけた『塀の中の懲りない面々』があれよあれよという間に売れて。

山田　ヤクザやってるよりもお金入ってきたでしょ、あのとき。

安部　毎日、増刷の電話があんだもん。

山田　あの頃は今と全然状況が違って、出版界に勢いがあった。ベストセラーを書くのがミリオネアになる一番の近道だったよ。

安部　お金が何億か入ったわけだよ。でも半分以上税金払うと、ヤクザだった頃の借金が返せない。結局、ヤクザに戻るっきゃなくなりそうだったんだ。だってヤクザ時代の三〇年間に作った借金は取材費みたいなもんで、経費じゃない（笑）。でも、そのとき、知恵を授けてくれる人がいて、いろいろやりくりして作家やめずにすんだの。

山田　よくわからないけど、ヤクザに戻らずにすんだんですね。（笑）

安部　すんだの。けどね、今度はこのお嬢さんの話さ。

山田　私、この人、林真理子さんの『星に願いを』をはじめとした一連の本を読むべきだと思う。林さんは就職試験、何十社も落ちて、バイトをしながらコピーライターの養成学校へ通い、作家として立っていった。成功した先達がいると思うことって心強いよ。と同時に、同じような人が山ほどいるってことは、その上に行かなきゃいけないっていうことでもあるんだけどね。

安部　詠美さんは、大学やめて自暴自棄にはなんなかったのかい？

山田　自暴自棄には最初っからなってた（笑）。コンビニのバイトで自活するのは無理だから、女の子でなんのスキルもない子は水商売行くしかないんだよ。私は大学のときは学費を稼ぐためにゴールデン街で働いてたんだけど、それでやっていけなくて銀座に行って、そこからSMクラブの女王さまとか、いろいろやりましたよ。だからこの人もまず家を出て、独立したらいいと思う。自分で自分を食わせるってことがどういうことかを知ること。親元にいて、「断られた断られた」と言ってもなにも始まらないじゃない。

安部　詠美さんはすごくわかりやすい言葉で言ったけど、俺は、難しい言葉で言うと――。

山田　えええっ、安部さんの難しい言葉って⁉（笑）

安部　この女の子に必要なのは、発想の転換だよ。幸せになるには、いろんな道があるんだよ。

山田　そう、お嫁さんになってもいいんだよ。私は働かない女は苦手だけど、父の庇護の下にどっぷりいて幸せを享受した母の生き方が悪いとはとても思えない。だから、結婚したいんだったら結婚すればいい。ただし、養われるのは目的ではなく成り行きであるべき。

安部　この人が漠然と思ってる幸せな道が前だけだったとしたら、後ろにも道があるってこと。それが発想の転換でさ。俺もいい年とってアテもないのにヤクザやめた。啞然とする子分たちに、「俺、ヤクザ下手だからやめる。お前たち、下手な親方のケツついていってもいい目見ないぞ」と言ったさ。

山田　そんなこと言っちゃうって、安部さんってやっぱり、『素敵なあいつ』だわ。（笑）

人生を変えるときには発想の転換が必要

山田　じゃ、刑務所に入ってよかったんじゃないですか。ヒロポン作ってる場合じゃない。

安部　まぁ、あれは小説だからいろいろ脚色はあるよ。でも、ヤクザでブイブイいわせていたのが、次第にうまくいかなくなって、あげくクスリのせいで仕事や家族、いろんな人間関係をボロボロにしたことは本当だ。

（笑）

山田　やめるとフラッシュバックとかくるでしょ、禁断症状で。

安部　一六からやってて、バレたのが三五ぐらいのとき。

山田　次に出る小説（注・『明日死ぬかもしれない自分、そしてあなたたち』）で詳しく書いているけれど、アルコール依存も大変なんだよね。

安部　俺はなかった。ヘロインだけは身体に合わなかったけど、ほかはもう全部やった。一六で初犯でパクられたときも、大津刑務所の中でヒロポンが打ててたからね。

山田　多分、安部さんの場合は、丈夫で特異な体質だったから、ラッキーだったんだよ。

安部　俺、右腕だった男に拳銃を渡しといて、「俺がアル中になったら撃て」と言ってたんだよ。アル中の悲惨なの、いっぱい知ってたから。

安部　確かに、やめられたのは俺の場合、支えてくれた周囲の人たちやいろんな幸運に恵まれた……。

山田　この人もさ、自分の仕事を見つけるためにいろんなバイトしたらいいよ。日銭稼いで、賃金と労働がどういう対価なのか、知ることは大切。職業を転々としたからといって何かになれるわけじゃないけれど、自分の中の何かを見つけるということが最初に必要でしょ。私は、さんざん職を変えた末に「ベッドタイムアイズ」を書き上げたとき、生まれてはじめての達成感を感じたもの。安部さんも、本を書いたときに、やっぱり「これだ」と思ったんじゃないですか。

安部　俺は、前刑が三八歳のときなんだよ。長くなんのはわかってたし、「ああ、これ勤めたらヤクザやめるんだろうな」とは思ったの。

山田　「やめたい」のか「やめざるをえない」のかどっちでした?

安部　やめざるをえなかったね。とにかく親方の俺がクスリでべろべろなのがバレちゃったんだよ。それまでは、親分もそれなりの信頼をしてくれていた。一つ例を言うと、北海道のヤクザの冠婚葬祭には俺が関東のお祝儀を全部持って行くのが役目だったぐらいの信用があったの。それが、三五歳のときヤッているところを人に見られて総長にチックられた。「見られた以上、しょうがねえな」と言われて、それまで信頼されて任されていたヤクザとしての仕事が全部なくなっていくんだ。

山田　ふうーん。

安部　一六からやってるのもバレて、「とんだ眼鏡違いだったな」なんて言われたよ。
山田　ねえ、ヤクザを追い出された男の話を書けば？
安部　それで四三歳で懲役から出てきて、「堅気になる」って言ったときに、その時の女房に「大事なのは価値観を改めて発想の転換をすることだ」と言われたんだ。
山田　その人って？
安部　『素敵なあいつ』を書いた俺の愛人と大喧嘩をする本妻さん。
山田　青山の「ロブロイ」のママですね。
安部　うん、遠藤瓔子っていうの。俺が五年経って刑務所から出てきたとき、子どもが小学校の五年生で、一緒にご飯食べたんだ。そしたらその子が「テレビだったら涙涙の場面だね」なんて言うから、「テレビじゃねえ、バカヤロ」って。そう言った息子が今もう四二歳だよ。そのときに、瓔子が言うの。「今のあなたに必要なのは、価値観を改めて発想の転換をすることよ」って。なんだよ、回りくどいことを言うと思ったけど、その通りだよ。だからこのお嬢さんも、発想の転換だよ。漠然と大学を出て、ちゃんとした会社に雇われれば幸せだと思ってるけど……。
山田　幻想なんだよね。正社員として雇われたら幸せだというのは刷り込みなんだと思うの。でも、安部さん、よくヤクザやめられたね。ドラマでは、やめようとしてもやめさせてくれないというのがヤクザの世界になってるじゃない。

安部　あんなの嘘。だってね、やめたがるのを引き留めても、喧嘩のときに見張り役にもさせられないよ。いつ逃げるかわからないから安心できない。ヤクザっていうのは基本的に戦闘集団なんだから。

山田　今日は安部さんの話聞いて、しみじみしちゃったなぁ。小説家になって、みっちゃんに出会って、第二の人生が始まったんだね。

安部　そう。詠美さんだから喋っちゃったよ。

山田　じゃあ、最後にもう一度、彼女へのアドバイスを。私は、しょうがないからバイトして機を窺うしかない、と。

安部　俺はもっと難しい言葉で言うよ、「発想の転換」だよ。

山田　それ難しいんですか。（笑）

安部　難しいよ。なにしろ漢字だからな。

第十四幕

ベッタリ家にいる夫が苦痛です

ご相談

六二歳、病院の経理事務のパートをしています。この夏に次男の結婚が決まり、三五年ぶりに夫と二人の生活になります。そのことが、いまから憂鬱で仕方がありません。

夫はいわゆる「モーレツ社員」で、毎晩帰りは遅く、たまの休みも家で寝ているだけでした。それが、二年前に退職してからはベッタリ家にいます。子育てに追われ、夫への不満を直視せずに過ごしてきました。でも、最近は、脱ぎ捨てられた靴下、食べっぱなしの食器、そんな些細なことにも腹が立って仕方がありません。夫の存在自体に我慢がならないのです。ずいぶん昔にされた浮気にも、新たに怒りが湧いたりしています。

二人でするお喋りが楽しかった学生時代は、遠い昔。結婚してからは会話が減り、子どもが生まれてからは、ほぼなくなりました。離婚して一人でやっていく経済的な自信はなく、この生活を続けていくしかないと思うと、病気になりそうです。これからの時間を、どう過ごしていけばよいでしょうか。

夫の存在に適応障害の妻

安部　詠美さん、野間文芸賞受賞、おめでとう。授賞式、終わったんだね。

山田　ありがとうございます。安部さんがいらっしゃらなかったのは残念だったけど、二次会もすごくいい会でした。筒井康隆さんが乾杯の音頭とってくれて、藤子不二雄Ⓐさんが似顔絵描いてくれて、前田日明がスピーチしてくれて、友達もいっぱい来てくれた、アットホームでゴージャスな会になったの。

安部　そりゃあ、よかったな。

山田　受賞の知らせを聞いたのは、結婚一周年の記念旅行で遊びに行っていた沖縄でなんです。車で移動してるときに電話がかかってきて、候補になっていることも知らなかったから、もうびっくりしちゃって。でも、やっぱり、嬉しかったな。

安部　ねえ、詠美さん、本当にあなた綺麗だよ。

山田　ありがとうございます。安部さんも、元気そうですね。

安部　俺、とっても不満。なんか、元気以外に言うことないの？

山田　え～っ、「素敵なジャケットですね」とか（笑）。……痩せた？

安部　そう。夏に九三キロあったから痩せようと思って。いまは何キロだと思う？　八七キロだよ。

山田　どうやって痩せたの？　私、大好きな伯父が亡くなったときに正装の喪服で行こうと思ったら、ジッパーがしまらなくて。結局、普通の黒いスーツになってしまって、ショックで（笑）。煙草やめてから五キロも太ったんだもの。

安部　斎藤茂太さんと青島幸男さんが続けて死んだとき、俺もどうしても喪服のズボンが入らなかった。（笑）

山田　大切な人を大切なときにちゃんとした形で悼めないデブのあり方って、よくないなと思うから、ちゃんと痩せることにしたんだよ。

安部　毎晩ちゃんとした人をちゃんとした形で愛してるのに太るんだよ。ハハハハ。なっ。

山田　フフーン（と鼻で笑って）、うちのヒロちゃんも私と会ってから一〇キロ太ったんだよ。デブ夫婦なの。だって二人でご飯食べるのが美味しくって。彼、お腹さすって、「詠美の子どもができたみたいなんだ。俺と詠美の子どもだからヒロミーって名づけようかなあ」と言ったら、たまたま隣にいた川上弘美さんが「私もヒロミーっていうんだけど」って。（笑）

安部　アッハッハッハッ。幸せだね。

山田　問題は体重。

安部　今日は詠美さんとは正反対の、会話がない夫婦の話だな。

山田　切ないよねえ、なんか。

安部　俺ねえ、この相談が送られてきてからずっと考えてたんだよ。で、今朝、髭剃り終わってからこいつ（美智子さんを指して）に「お前、これどう思うよ。俺たちだってそうじゃねえか」と聞いたの。

山田　俺たちだって、って。（笑）

安部　そしたら「どこの夫婦でも長く住んでりゃ一緒でしょうよ」と言うわけ。俺は、いつまでも俺に惚れてなきゃ「コンチクショウ」と思うわけよ。でも、どうもまったく俺んちの夫婦はこの可哀想なご夫婦と同じらしいの。

安部（妻）　ご相談読んで、私のことかしら、って（笑）。気持ちはよくわかります。結婚して三〇年たってからベッタリいるようになるなんて、とくにつらいと思う。

山田　適応障害になってるんじゃない、初めての経験で。

安部（妻）　「うちの女房はバカだ」「うちの夫は最低」なんて愚痴言ってすんでいる間はいいけど、このケースは、そこを越えちゃってるわけですよね。

山田　生理的にダメというのはきついよね。でもさぁ、安部さんたちは仲良しじゃない。「ひと月に二回」を目標に、ノートにも記録をつけてるし。

安部　二〇一二年は「おい、月二回はやんべーぞ」と言ってたのに、一六回しかやらなかった。そんなのねぇ、詠美さんちなら一週間だよ。

山田　そんなに勤勉じゃないもん。

安部　謙遜してる……。
山田　別に謙遜してませんけど。安部さんは見栄張ってません？
安部　張ってない。俺「一七回目をいっしょう」って言ったら、「できないくせに」なんて言うから、よそだったらできるって思うんだよね。けど、それ言ったらおしまいだと思うから（笑）。俺は剛力彩芽っていうのが一七回目の相手にはふさわしいと思ったんだけど、どうだろう。
山田　しつこく言うようだけど、杉村太蔵と〝顔面相似形〟じゃないですか。（笑）
安部　ああ〜っ、なんで、こんなひどいこと言う女が賞を貰うんだ⁉　似てない、似てないよぉ。

安部家は毎日が危機！

山田　この人は、生理的に夫が嫌になっちゃうわけでしょ。最初から結婚すべきじゃなかったんだよ。学生同士の仲良しでいればよかったのに。
安部　けど、二人も子ども作ってんだよ？　狙って即、当たるわけじゃないから、少なくとも四〇発はやったろうよ。
山田　子どもを作ろうとするセックスって快楽のためと違うから、義務でできるじゃないですか。

安部 詠美さんは新婚だから、こういう気持ちは全然わかんないだろう。

山田 彼がいないときって、「寂しいな」と思いつつ、その不在を楽しむってことができるじゃない？ それは好きだからできるんだと思う。ただ、前の結婚生活では、生理的な面とは別の意味で、時々「いないほうがいい」と思ったかな。帰ってこないと心配なんだけど、帰ってくると「ああ嫌だな」とちょっと心が重くなって、どこか出かけるとホッとしたりするようになって……。それでも我慢して続けていたら、この人みたいになっちゃうのかも。だから、そうなる前に別れる決断を下すためにも、私は女が経済力を持っていることは重要だと思うよ、本当に。

安部 へえ。俺はいなくていいなんて思うのは、へそくりを数えるときとオナニーをするときくらいだよ。

山田 お風呂ですればいいじゃないですか。

安部 まぁ夫婦のことなら、何でも聞いてよ。

山田 はい。『素敵なあいつ』だもん、何でも聞かなくちゃね（笑）。動物飼えばいいんじゃないかな？ 息子の代わりに夫婦の間にワンクッションおくために、安部さんのところのウニみたいな猫を飼うとか。

安部 俺、忠告するけど、猫はやめたほうがいい。仔猫は鳴きやんだ途端に家の中の序列がわかるの。ママが一番、自分が二番、あの壊れないデブは三番目って（笑）。本当に目つきから身のこなしまで、俺を見下してんのがわかるの。

山田　うちには、猫をはじめとしてぬいぐるみがいくつかいて、それでお人形さんごっこをよくやるの、二人で。「ヒロさま～、ヒロさま～」、「にゃんだい？」とか……。

安部　ねえ、どうしてこんな作家に賞をあげるんだ⁉（笑）

山田　情が移ってファミリーになった何匹かがいるんです。昔、田辺（聖子）さんがぬいぐるみをすごく可愛がっていると聞いて、「え～っ」と思っていたけど、同じことをやってるの～（笑）。一時、本物の動物を飼おうとしてたんだけど、やめました。私たちと動物のどっちが先に死んでも怖いし。安部さんとこは、ウニを飼うときは夫婦の危機とかあったりしたんですか。

安部　いつでも危機だもん。

山田　アハハハハハ。

安部　毎日が危機だもん。

山田　それは、エキサイティングだ。（笑）

共通の楽しみと「笑い」の効用

安部　もっと学問的なことを言ってやろうか。

山田　どうぞ、漢字で語ってください。（笑）

安部　ホモ・サピエンスがアフリカから歩き出したのが約四万五〇〇〇年前なの。あるものはアジアに行き、あるものはヨーロッパに行った。ヨーロッパに渡った連中は、なんと前に棲みついてたネアンデルタール人に出っくわしたの。なぜホモ・サピエンスはネアンデルタール人をやっつけて今の人類になったのか、知ってる？

山田　知りません、知りません。

安部　なんとねえ、ネアンデルタール人は喋らなかったからだって。吠えて呻いて叫ぶだけで。

山田　じゃあ、ホモ・サピエンスはすでに言語を持ってたんですか。

安部　ホモ・サピエンスはアフリカから出る頃に言語を持った。だから、「お前、右のほうへ行け。右から攻めろ」なんてことが言えたんだって。つまり会話ってものがなんと大事かってこと。

山田　うんうん。

安部　だって「やらせろ」って言わなきゃやらせてくれないだろ？

山田　違う、セックスの初期アピールはアイコンタクトだよ。

安部　嫌だねえ（笑）。やっぱり、耳でもかじって「惚れてる」だとか「お前でなきゃ勃たない」だとか言わなきゃ嫌だよね。

山田　私のデビュー作の「ベッドタイムアイズ」は、一言も口きかないで目と目が合って、ボイラー室行ってやっちゃうという、そこから始まる話だからさ。

安部　そういうのは野獣の世界のこと。ネアンデルタール人だ。（笑）

山田　安部さんはみっちゃんとは合意してやるんですか。

安部　あなた、二五年もそんなことできるわけない。

山田　言ってることとやってることが違う（笑）。でも、二五年ってすごいよね、四半世紀じゃない？

安部　そうだよ。それで女房が言うには、「この相談者夫婦は、ツタヤのコマーシャルをやればいい」。映画を観ることだって。二人で。

山田　ああ、いいんじゃない。私たちもいつもＤＶＤを観るときに、ぬいぐるみもちゃんと並べてるの。なごむ。（笑）

安部　新婚さんだね。うちのベテラン妻とは違う。

山田　この人たち、結婚以来会話もなく、現実を直視せずに生きてきたんでしょ。でもそう不満に気づいてるわけじゃない？　とりあえず学生時代に戻る努力をして、二人でＤＶＤでも観て……あ、でも、嫌なやつとは一緒に観たくないもんね。安部さんは、会話のない時間をみっちゃんとどうやって過ごしてるんですか。

安部　ほっとくと、このヤロウは一日ニコリともしねえんだよ。ねっ。

山田　それって正直なんだよ、単に。（笑）

安部　俺の友達で胃がんの手術して胃を全部とったヤツがいるの。そいつが言うんだよ。「なんで細胞が新しく生まれ変わらずにガンになるか。それはストレスからなるんだ。女房は、心から笑わせるに限る。それがストレスを乗り越えてガンを防ぐんだ」って。

山田　そうだね。みんな楽しいふうにはしてるけれど、心から無邪気に大口開いて笑ってるという人、私の周りでも結構少ないんだよね。みんな、ストレスためてる。

安部　それから、俺がなんか言って女房が笑うたびにガンを予防してんだって思うの。けど、なかなか笑わない。

山田　笑わせるのって案外難しいんだよ。

安部（妻）　どんなにいい冗談を言っても、こいつは「もう六〇回も聞いた」なんて言うんだよ。

安部　笑わそうとしてくれる気持ちはわかるんですが、全然笑えない話で、困るんです。（笑）

山田　長く住んでるからなぁ。俺の小説を読まずに、湊かなえの小説なんか読んでるよ。

安部　自分の本じゃないと面白くないのか……。

私？　あなた？　我慢してるのはどっち

山田　木々高太郎《きぎたかたろう》先生（注・大脳生理学者、小説家）という方が、昭和三〇年代に「人生二回結婚説」を唱えるんだよ。女房が身罷《みまか》ったら残された男はすぐ一六、一七の少女を娶れ、と。

山田　反対だったらどうなるの？　旦那が死んじゃったら、一六歳の男子を娶れということ？

安部　新婚さん、慌てるな。自分の富で暮らしを教え、セックスを教え、そうしていくうちに哀れや男は老いて死ぬ。そうしたら成長しておばさんになった少女は一六、一七の若い男を後夫に貰え。先生は、「人生二回結婚説」を発表した後、女房が死んだので、お弔いしてすぐ、本当に若い銀座の女と一緒になるんだ。

山田　ふうーん。

安部　当時のマスコミはみんな非難するんだよ。先生はそこで、「男が老いぼれたときに死ぬまで看取ってくれる女の善意。女が老いぼれたときに感謝の気持ちで送る男の善意。それが一番の問題で、俺の説になんの間違いがあろうか」と言うの。俺、素晴らしいと思う。

山田　それ、究極の理想論だから。

安部　このご相談には、先生の「人生二回結婚説」が思い当たるよね。

山田　私は、「あなたの何が嫌なのか」をきちんと話し合ったほうがいいと思う。このまま、「嫌だ嫌だ嫌だ」で死んでいくのは最悪じゃない。

安部　それじゃあ、隣に座ってるこいつが、俺の主治医に「こうこうこういうとこが嫌です」とか言ったらどうすんの。

山田　そしたら、安部さん、この悩み相談に応募しなよ。私、答えてあげるよ。

安部　……。……。

山田　嫌な感じ、って？（笑）

安部　笑ってるけど、俺と女房にすりゃ、他人事じゃないよ。

山田　でも、夫はモーレツ社員だったんだから退職金はあるし、年金も十分貰っているはず。そんなに嫌悪感があるんだったら、ちゃんと話し合って、退職金とかを折半して別れたほうがいいんじゃない？

安部　それは新婚さんの意見だよ。

山田　そうですか。（笑）

安部　これは六二になるまで子ども二人作って、もうどこを押せばヒイって言うか、お互いに知り尽くした同士だよ。そんなに「お金を半分に割って別れましょう」なんて……。

山田　できないから相談してんだろうけど。じゃあ、二人の息子にも相談してみるっていうのはどう？　それで別居して、どちらかと暮らすとか。……でも、息子は嫌だろうね。

安部　それも新婚さんの意見だよ。

山田　もう新婚じゃないんですがね（笑）。じゃ、結婚二五年目の意見聞かせてください。

安部　子どものところへ行ったら最後、邪魔にされるぞぉ〜。悲しい思いをするよ〜。ね。

絶対そうだよ。

山田　そうだね。でもさぁ……、もうこれは夫に我慢するか、夫を好きになろうとするか、夫を切り捨てるかしかないでしょ。

安部　うん。まともに聞いちゃいけないよ。被告が言うことを。

山田　被告になっちゃった。（笑）

安部　まともに「無実です」なんてのを聞いたら、懲役に行くヤツはいなくなるよ。

山田　彼女は病院の経理事務のパートをしてるわけじゃない？　そのパートも、お金を貰うだけのものなんじゃないかな。仕事場で楽しみがあったら、こういうふうにならないと思うんだよね。

安部　経理事務だからね、全然ダメなんだよ。これが薬品管理だったら、大麻を貰いに……。

山田　また、そっちですか（笑）。みっちゃんはどういうふうに現状を乗り越えていらっしゃるんですかね。

安部（妻）　我慢ですね。

山田　じゃあ、「我慢」というプレイをしてると思えばいい。ビー・ペイシェント（be patient）プレイ。

安部（妻）「可哀想な私」とか。

安部　名詞を間違えちゃいけないよ。「可哀想なあなた」だろ。ねっ。こいつはいいやつなんだけど、名詞が混乱すんの。だから我慢してんのは俺で、こいつから見りゃあ「あなた」なんだよ。

一人遊びを見つけよう

山田　一人遊びができない人は二人遊びもできないんだよ。だからこの人、夫と別れて一人になっても、多分つまんないと思う。
安部　それはね、本当だよ。
山田　一人で楽しい時間を過ごせるんだったら、夫がいたって別にいいじゃん。長いつきあいだもん。
安部　こういうことを自然に語れるから賞がとれるんだよ。
山田　アハハハハハ。この人の「ずいぶん昔にされた浮気にも新たに怒りが湧いてきます」、この気持ちはわかるよ、私。いろいろ。（笑）
安部　俺もわかるぞ。うちの女房が俺に会うまでにヤった男なんて、「みんな早く死ね」だよ。
山田　はあ～っ。いまでも。
安部　そうだよ。

安部（妻）　そのくせ、自分の過去が書かれた『素敵なあいつ』は何度も「ふふふ」って読んでるんです。

山田　私、昔も何も浮気した男は絶対ダメ。でも、安部さんはみっちゃんと結婚してから浮気はないですよね。人には人生の許容量があるとしたら、もう激しさを使い切ったんじゃないの。これ以上いったら生命が危ないという動物的な危機管理で、そこで引退したんじゃない？

安部　こいつは人が老いぼれんのを待ってて、一緒になりやがったんだ。長嶋が打てなくなってからピッチャーを始めたみたいなもんで、狡いよ。

山田　人って、年齢で折り合いがついてくることがある。なのに年をとるにしたがって離れていくって……不幸だよね。

安部　けど、とっても野蛮な男の立場から言うと、「何言ってやがんだバカヤロウ、いままで食わせたの誰だと思ってんだ」ということがあるよ。

山田　私もそれは思うんだよ（笑）。で、妻は思うの。じゃあ、私がどれほど家のことやってきたと思ってるんだって。愛情があれば、イーブンになるのにねえ……。生活を変えることができないのなら、この人は、自分の気持ちをコントロールする以外ない。だから、パートのお金を「自分の好きに使わせて」と言って旅行すればいいんじゃない。一人で遊ぶことを見つけないと。

安部　俺はいまは女房っていう縛りがあるから、他の女とやんないよ。
山田　それを言わせた、初めての女房かもしれませんね、みっちゃん。（笑）
安部　ねっ。けど、俺、ちゃんと街を見ていて、「老いぼれたら犬を飼おう」って思うんだよ。犬飼ってさ、表出れば、滝川クリステルが可愛いトイプードル連れてきてさぁ……。
山田　すごい希望に満ちてるんだけど、それ。（笑）
安部　俺、ちゃんと喋れるしさぁ。それで喋ったら、うまくいけばやれるじゃない。ねっ。ねっ。
山田　そういう高いハードルをぴょんぴょん飛び越える楽観主義が、みっちゃんを笑わせ続けてるわけね。
安部　笑わないとさ、もうすぐ子宮頸がんになって死ぬよ。だからさ、俺が毎日笑わせてんの。
山田　なんだ、幸せなんじゃない。……ちょっと寒いので、席替わってもらっていいですか。
安部　あったためてあげようか。
山田　ありがとうございま〜す。
安部（妻）　こういう言葉も、長年聞いていると、馬鹿らしくなって、笑えなくなるんです。（笑）

山田　フフフッ。安部さん、みっちゃんに捨てられたらどうすんの。
安部　だから毎日が危機なんだって。

第十五幕

買い物依存の娘

ご相談

四二歳になる娘がおります。結婚を機に専業主婦として過ごしてきましたが、五年ほど前から都心のブティックでアルバイトを始めました。あるときから身につけるものが変わってきたため、尋ねると、「お客さん商売だから、恥ずかしい格好はできない」と。そのうち、娘の夫から、「（娘の）金遣いが尋常ではない。家計費に手を出し、消費者金融から借金もしているようだ」と連絡がありました。

娘を問いつめたところ、一五〇万円ほどお金を借りているとしぶしぶ認めました。すべて洋服やアクセサリーなどに使ったそうです。娘の金銭感覚をおかしくしたのも親の責任と思い、今回限りを条件に、私のへそくりで返済しました。しかし、その後も娘の買い物依存は続き、今までに約五〇〇万円、立て替えてきました。ブティックの勤めを辞めるように説得もしたのですが、夫は忙しく、子どももおらず、楽しみは買い物をしているときだけだと泣くのです。

自分たちの老後にも影響が出てきかねません。娘に新たな楽しみを与えるには、どうすればよいのでしょうか？

安部さんに流れる煙草王の血

山田　安部さん、お元気でしたか。
安部　元気だったよ。詠美さん、俺の顔見てなんか言うことない？
山田　またそんな難問を。
安部　うちは朝の一一時ぐらいに一回目のご飯を食べるの。それから、夕方五時半から六時の間にもう一回。これは大体酒と一緒。そうすると、夜中の二時ぐらいにお腹がすいて眠れないの。それが覚えのある空腹なんだ。なんと少年院だよ。七五歳になってなんでこんな思いしなきゃいけないいんだって、毎日思うよ。
山田　早寝すれば？（笑）
安部　土曜、日曜日の夕食は特に早いの。看守が早く帰りたいから四時頃に喰わせるの。ねえ、ねえ、俺を見て、なんか言うことないの？
山田　……前回も言いましたけど、一時よりずいぶん痩せました？
安部　何度でも言うよ。対談の最初の頃は九三キロぐらいあったの。うちの猫は、これ（美智子さんを指して）が徹底的な栄養管理をして六キロにならないようにしているの。俺も同じように管理されて、今、八六キロ。前に会ったときより一キロ痩せた。デブとハゲ、さらにもう一つ、インポがついたら三重苦だからってさ。

山田　この対談が始まったのは、ヒロちゃんに会ったばっかりの頃だった。ここでは夫婦のバカ話ばかりして、お恥ずかしい〜。

安部　はっはっは。

山田　もうやめようと思ってるんだけど、あと一つ話していい？　女の人の膝枕で耳かきをしてもらうのが男の人の夢だというじゃないですか。私もやってあげようと思って、耳かきのかわりに歯間ブラシでごしごしやってあげてたら血まみれになっちゃった。おかしくてゲラゲラ笑ってたら、「夫が血まみれになってんのに笑ってる妻なんて、この瞬間世界で一人しかいないと思う」と言われた。ま、それだけなんですけど。すいません。（笑）

安部　ノロケだね。耳の穴をほじくられて血が出て怒った夫は、あとであそこをつっついてお返ししたんでしょ。あのね、今日のご相談でわかるように、要するに夫婦の心配事はすべて、亭主のちんぽこパワーにかかってるんだよ。

山田　またそこですかぁ。私、別になくても問題ないと何度も言ってますけど。

安部　こいつがうるさいの。一緒に道を歩いていても「いじけて歩きなさんな。もっと胸を張って歩け」って。

山田　アハハハハハ。あそこのパワーを出せと。（笑）

安部（妻）　最近、年のせいで歩幅が小さくなり、下向いてトボトボ歩くようになったので、「もっと偉そうに、ずんずんずんと歩かないと駄目よ」ってハッパをかけてたんです。

安部　だから今日は、そっくり返って歩く（笑）。ところでさ、「遠州女にマラ見せるな」という言葉、知ってる？

山田　いきなり何ですか。確かに私、遠州育ちですけど。誰の言葉ですか。作ったでしょ。（笑）

安部　俺、聞いたんだもん。話してるときに「嘘だ」と言われたら、もうそれから先は喧嘩しかないよ。

山田　そんな……。

安部（妻）　山本夏彦さんが、そんなこと誰も言っていないのに「古人曰く……」ともっともらしく書くのと同じですよ、この人の「聞いたんだもん」も。

山田　「私の友達の友達のお母さんが」って体験談を話せば、少し信憑性が出るわけでしょ。（笑）

安部　「うちの親類が」とかね（笑）。けど本当にうちの親類で、妾が四八人いて、男の子だけで子どもを五二人作った男がいるんだよ。渋谷の「たばこと塩の博物館」に、その親類が赤い軍服着て写っている写真が飾ってある。最初の子に「太郎」とつけて、「五十二」までいるんだよ。

山田　効率いいじゃないですか。よっぽどお金持ちなんですね。

安部　銀座のビルに「おどろくなかれ税金三百万円」というデカい看板を掲げてた。衆議院議員までやったんだ。
安部（妻）　岩谷松平という明治の煙草王で、自己顕示欲の塊みたいな人なんです。
安部　俺の母方の祖母のいとこ。
山田　その血だな、安部さん……。

自動車、女、博奕、酒……依存症という病気

安部　岩谷松平の子どもの数を破ったのは、笹川良一だよ。
山田　笹川良一？　へえ〜っ。
安部　笹川さんは女が自分の子を産むたびに、九州の刀鍛冶に打たせた短刀を一本あげて認知もしていたらしい。
山田　でも、自分の子かどうかは、本当はわかんないじゃ〜ん？
安部　「一日一善」と決めたんだからいいんじゃない（笑）。DNA鑑定なんかない頃だもん。
山田　パリに住んでる友達が言ってたけど、イギリスに女王様がいるのは、確実に血筋を繋げていくという先人の知恵なんだよって。本当かどうかは知らないけど。
安部　イギリスの王室なんてほとんどドイツ人だよ。前ローマ法王は、ドイツ人だからイスラエル系がやめさせたんだよ。「殺すぞ」って脅されたんじゃない？

山田　「殺すぞ」と言われても、あの年なんだし。（笑）

安部　法王様は、大体、死んだら神様がいるなんて思ってないんだって。俺が何回目かの結婚のときに、教会で結婚式やることになったの。ヤクザの女と別れたばっかりだったから、殴り込まれるかもしれない。「子どもの聖歌隊は、危険だからいらない」「弾が逸れても平気なように新婦の親類は右の隅に固めろ」と指令とばしたもんな。神のいる教会なのにさ。（笑）

山田　それ何番目の結婚ですか？

安部　何番目だっけ。映画になったやつだよ。主人公は俺。

山田　ええーっ、映画になってるんですか？　なんていう映画ですか？

安部（妻）『極道渡世の素敵な面々』。

安部　陣内孝則が俺をやったの。

山田　見なくちゃあ。すごいなあ。

安部　元有名人だもん。ところで困ったね。

山田　えっ？……ああ、相談ですね。これは病気です。治療しないと駄目。依存症だから。

安部　でも、俺は治療しなくても、なんとかなったよ。俺も自動車が好きだったり、女が好きだったり、博奕が好きだったり、酒が好きだったり。人が金を貸してくれなかったから、泥棒もしたし強盗もしたし、なんでもやった。この人と一緒だよ。この人はよく五〇

○万円も借りられたねぇ。俺の頃は質屋しかなかった。

山田　親が出してあげるから治らないんですよ。依存症だから、買い物依存を無理やり抑えたとしても別なものに向かう。ギャンブルとかアルコールとか、セックスとかね。つきつめれば中村うさぎさん方向に行くかもしれないけど、止めたきゃもとを断たないとダメ。

安部　女がセックス依存になったらそれは世のため人のため。結構なこったよ。

山田　女にとっては苦しいの。セックス依存というのは、セックスが好きだからやるわけじゃないんだよ。その興奮を得ないと生きてけないから依存になる。男のセックス依存だって、百人斬りとかって言われるけど、あれも一種の病気でしょ。

安部　カーク・ダグラスの息子、マイケル・ダグラスがそうだよな。

山田　彼はキャサリン・ゼタ＝ジョーンズと結婚するために、リハビリ施設に入ってカウンセリングを受けたでしょ。それが条件だったから。この人も病院行かなきゃ。

安部　俺は病院に行かなくても治ったよ。医者に診せれば依存症と言われるに違いないこと四つぐらいあったけど。まず女だよね。

山田　女が好きというのとセックス依存は違いますよ。依存症の場合は、相手が誰かというのは問題じゃない。セックスをして脳内物質が出てくる状態が当たり前になっていて、それを堰き止めるとアルコール依存と一緒で、禁断症状で手が震えるとか……。

安部　ううん。ちんぽこが震えた。

山田　それ、震えてるんじゃなくて震わせてるんでしょ。(笑)

抑制がきかなくなる病

安部　俺、こいつと一緒になったとき、国分寺に家を買ったんだよ。なぜそこに住んだかというと、川口のオートレースにも行けるし、府中の競馬場にも行けるし、要するに公営博奕の足場が一番いいからなの。朝起きてスポーツ新聞を開いても、どこで何をやってるか、レースのところしか見ないぐらい博奕が好きだったの。好きすぎて何十年も博奕打ちやったけど、公営博奕なんて二割五分もテラ銭取られて勝てるわけがないじゃない。だから、終わってから博奕打ちや予想屋がみんなで非合法博奕をやんのさ。それが楽しみでレース場に行くっていう悪循環があんだよ。そんなふうに長年過ごしたのに、よく抜けられたと思うよ。

山田　体力的なものと折り合いがついたとか……。

安部　最初に「ああ堅気になんなきゃいけない」と思ったのは、注意力が二時間ぐらいしか保たなくなったからなの。それまでは四八時間ぐらいまでは緊張感と集中力が持続できたの。ヒロポンやったらもっと平気。「あ、二時間で集中力が切れる。散漫になる」と感じはじめたときは、賭博がスタートして二時間って頃に、誰かに呼びに来させていた。「アニキ大変です」なんて言ってくりゃ、「おう」と席立てばいいんだからさ。

山田　みっちゃんと結婚したときは、もう抜けてたんでしょ。

安部（妻）　たま～に仕事で競馬に行くみたいなことしかなかったですね。

山田　小説書いてそういう症状なくなったんじゃないの？　依存症って、そのことのために周囲とか自分の生活に支障をきたすんだよね。お金がなくなっても我慢できないから、姑息な手を使ってお金を集める。

安部　俺も借りられるところは全部借りたよな。貸した相手は、もし俺が豪勢な暮らしをしてたら返してもらおうと思って、時折覗きに来るわけよ。そうするとすかんぴんだから、がっかりして帰る。

山田　金ぴかの車も、博奕で勝ったお金で買ったんですか。

安部　あれは正業で買いました。

安部（妻）　怪しい正業で。（笑）

山田　できる範囲の経済でやっているうちは依存症じゃないよね。億万長者だって、依存症になったらその億万を使っちゃう。よくハリウッドの大スターが薬でお金を使いはたして、死んじゃうじゃない。抑制がきかなくなってしまう。

安部　この頃、外で配ってるティッシュが薄くなった。あれは、鼻紙屋の若社長が何十億もバカラでスッたからだな。俺は、そう見てる。（笑）

山田　ああ、彼は完全にギャンブル依存だよね。

安部　俺も同じ。博奕は小学生からだよ。メンコにビー玉。こんなこと兄弟にも言ったことないけど、強いベーゴマが買いたくて、よくお袋のガマ口から金盗んだよ。けどねえ、依存症のために女が身体を売っただとか、男は泥棒しただとか、なかなか言いにくいよ。

山田　私の場合、お酒とかずっと吸っていた煙草とか、お金のかからない範囲だから、軽い依存程度で、楽しみの範囲だと思う。時々過ぎちゃうんだけど、「これがなかったら駄目」という感じではない。楽しいと言えないことは、やりたくないから。

恋人のためにバス停を動かして……

安部　俺、昭和四二、四三年の頃に株で大儲けしたの。大儲けして香港でウハウハするんだけど、ちょうど中国共産党が香港に攻め込んだ動乱のときで、香港では不動産がタダみたいな値段になって、「このシャンペンコートのビルだったら安部さん買えます」とか勧められるわけよ。一方で、骨董屋では仏様だとかちいちゃなものがとんでもない値段になっていた。殷の時代の香炉がビルの値段と同じだったの。俺、それを買っちゃった。

山田　買っちゃったの⁉　いくらで？

安部　四〇〇〇万。

山田　おお～っ。今、どこにあるんですか。「なんでも鑑定団」に出したら、ものすごい価値ですよ。

安部　持ち主だった女がこの前死んで、その身内が返してくんないの。ほかにも、ケネディ大統領の演説集のレコードとか、江利チエミが歌った「セレソローサ」ってレコードがあんの。ロサンゼルスで探して探して買ったレコード。殿の香炉なんかいいからさぁ、俺が持ってたレコードだけ返してほしいんだよねぇ。

山田　レコードって、その人には価値あっても、他の人にはないのにね。

安部　ところでさぁ、はて、俺の依存症はなぜ治ったんだろう？

山田　結局、配偶者だと思う。依存症の患者って、家族も一緒にカウンセリングを受けなきゃいけないでしょ。そうすることで依存の原因が見えてくる。安部さんは、結婚したみっちゃんが共依存にならなかったからカウンセリングされたんじゃないかな。

安部　この相談者の依存症の原因は、なんなんだろうね。

山田　自己認識ができないんでしょ。買い物以外に時間の潰し方がわからないんだと思う。私も小説があるから極端に走らないですんでるけど、それがなかったら……。

安部　俺、依存症って、もしかすると恋と一緒なんだと思う。恋をしたときって、金がなけりゃ歩いてだって会いに行くよな。俺、あるときね、クリスマスプレゼントするのにもお金がなかったの。雪降ってるのを見て、子分を一人連れて渋谷から下馬まで行って、バスの停留所をその女の家の真ん前まで動かしたことあるよ。家からバスの停留所まで二〇〇メートルぐらいあったから。

山田　それ、道交法違反とかじゃないの？　超迷惑～。（笑）

安部　近所の人が世田谷警察に通報して、窃盗で起訴されたの。俺、窃盗前科が二回あるんだよ。一回は喧嘩のあとで落ちてた相手の拳銃を拾って持って帰って寝ちゃったとき。俺、二回とも裁判長に言ったよ。「遺失物横領でもなんでもいいから、窃盗罪だけは勘弁してください」。けど、判事にすれば量刑は一緒だから罪名変更はしない。一八歳のときの話さ。

山田　ハハハ。可愛すぎるよ～、それ～。迷惑～。でも可愛い～。

安部　起訴状の文面が「東急自動車会社所有に関わる乗り合いバス停車場を二〇〇メートルにわたって窃盗し……」、まだ覚えてる。それで、刑事処分受けて大人の裁判所に移されてね。だから俺、初犯は横須賀の大津刑務所なんだよ。昔は少年刑務所というのはなかったから、実刑判決だとそういうとこへ行かされる。昔の海軍刑務所だから赤レンガ造りで、ドアなんて欅《けやき》の一枚板だよ。すごいだろ。

破滅の予感に気づくまで終わらない

山田　安部さんはどんな欠落感があったんだろう。なんで依存症になったんだと思います？

安部　なんでなったかはわかんないし、なんで抜けたかわかんない。不思議だよ。なんでだろう、あれほどだった思いが……。

山田　私が知ってる範囲では、逃避の手段として、お酒とか薬に頼ってうまくいくと、それを続けて依存の原因になってしまう。で、味をしめているうちにいつのまにか抜けられなくなる。そうなったら自分の力だけじゃだめでやっぱりカウンセリングが必要になる。安部さんは、小説を書くこととみっちゃんがカウンセリングの効果を果したんだと思う。人って誰でも、自分が必要とされているという感覚を、すごく求めてるんだもの。この人はまず旦那さんとちゃんと話し合わないと駄目なんじゃない？

安部（妻）　依存症の本人は、やめなきゃいけないと思ってるんでしょうか。あなたは、どうだったの？

安部　大抵ね、堅気は一回懲役に行くか裁判所に引っ張り出されると、驚いてやめるんだよ。

山田　我に返る瞬間があるのね。私の知り合いにも薬に手を出した人がいて、自分も逮捕されるかもしれないと思った瞬間に恐ろしさのあまりにやめたというものね。

安部　俺の知ってるポン中でさ、覚醒剤のないところへ行ったらやめられると思ってニューギニアまで行ったのに、そこにもちゃんとあったんだって。可哀想（笑）。このご相談は、みんなが困ってる。ご主人も、お母さんも……。この買い物娘に答えをあげなきゃいけない。

山田　本当は、夫が安部さんにおけるみっちゃんの役割を果たさないといけないのにそうはなっていない。でも、この人、四二歳でしょ。もうすぐ親にも頼れなくなるって気がつかない限り、駄目じゃない？　私はね、この人を一度、みんなで叱ったほうがいいと思う。データを見せて、家の経済状況をきちんと説明する。

安部　詠美さんはすごく民主的な意見をおっしゃった。人間ってのは、大事なことは膝詰めで話さなきゃ、ね。けど、日本人は、困った事態に膝詰めで真剣に話し合うという習慣がもうないじゃない。

山田　これは、専門用語を使えば「共依存」の関係。日本って「共依存」の社会なんだよ。親も子どもも、絶対に肝心なことは言わないでつきあってくわけじゃない。

安部　俺、子どもの頃、お医者さんごっこで同級生の女の子のあそこにアオキの実を突っ込んだの。で、親父とお袋に「ダメだよ、そんなことしちゃあ」と叱られた。そうすると、お医者さんごっこを叱られたのか、アオキの実がいけなくて叱られたのかはっきりしないわけ。それで、「きっと大きすぎたんだな」と思って、次はヤツデの実を使って治療をするわけ。つまり、曖昧じゃいけないんだよ。

山田　なんでアオキの実〜。遠回りしちゃって（笑）。でも、本当のこと言うと、大抵の依存症は、破滅の予感がない限り終わらないよ。

安部　「破滅の予感」ね。すごい言葉だね。

山田　安部さんは、みっちゃんと出会って破滅の予感に気づかされたんだよ。この人にみっちゃんのような人が出てこない限り、このまま行くよ。

安部　そうかもな。俺には答え出せないな。

インターミッション　大人のエロティシズムって？

癒やされたいならセックスよりハグ

安部　今日のルージュ、いつものと違うだろう。素敵だね。

山田　明後日のサイン会、同じ色にしようと思うんだけど、どうですか。

安部　とってもいい。とってもいい。ところで、今日のお題は「心とからだを癒やすセックス」だって？　俺は年寄りだけどさぁ、セックスはいつでも焦がすか疲れるか。

山田　「癒やすセックス」とか「癒やしのために」というのは、私は嘘だと思う。だってセックスって、気をいかせるというか集中力。集中して相手のこと受け止めなきゃいけないわけだから、セックスの喜びというのはリラックスして癒やされるのとは、ちょっと違うの。

安部　男っていうのは大抵、一所懸命口説いて、女に「うん」と言わせるんだよ。「一所懸命」と「癒やし」とは全然相容れないもんだよ。

山田　お互いが傷を舐めあうセックスというのはあると思うのね。だけどそれは、癒やしとはまた別の問題。本当に癒やされたいんだったら、そういう行為に及ばないで抱きあってるだけのほうがよっぽど癒やされるはず。きっとみんな、疲れてるんだね。だから癒やされたいんだよね。でもセックスは疲れるものじゃないと……。

安部　面白くない。この題を与えられてから、俺、一所懸命考えたの。詠美さん新婚さんだから、セックスについてはいくらでも喋ると思うんだよ。俺は相槌打ってればいい。

山田　アハハハハハ。ヒロちゃんと暮らしてもう三年。今の私はそれこそ、一所懸命のセックスではなく、癒やしの時期に入ってます。

性欲と折りあいがついた先に

安部　真面目に考えてみて、セックスっていうのは、大きく分けて二種類あると思うの。一つは「お金を払ってやるセックス」さ。どんなに豊かな国でも、戦争が終わっても、どんな状態になっても娼婦はいなくならない。でも、金を払ってするセックス、これも疲れるんだよ。

山田　お金を払うセックスって、されるがままで楽なんでしょ？（笑）

安部　とも違うんだよ。湯河原温泉の芸者を買うため、高校生の俺はちゃんと湘南電車に乗って行ったさ。わざわざ行くんだから大変なんだよ。

山田　私も高校時代のこと、思い出した！　文芸部だったの。一年の夏休みに部室で一人で本読んでたら、隣のクラブの二つ上の先輩男子が来て、どんどんどんどんエッチな方向に話がいって、「山田、男の子が一番喜ぶのは何か知ってるかい。口でしてやることだよ」って言い出したんだよ。それで、「君、処女なの？」と聞くから、「そうです」と嘘を答えると、「僕は二番目の男になるために待ってるから、一番好きになった男にそれをやってあげなさい」って言われた。（笑）

安部　同じヰタ・セクスアリス（性欲的生活）の思い出でも、ずいぶん違うね。

山田　アハハハハハ。安部さん、セックスの二つ目は何ですか。

安部　もう一つは「天下御免のセックス」。籍が入っていて、交番の前でだってできるやつ。

山田　交番の前。（笑）

安部　誰かにめっかかっても、慌てたり弁解したり、開き直ったりしなくていいセックスだよね。どっちも一所懸命やるんでどっちもくたびれるし、「どっちがいい？」と聞かれたら困るぐらいどっちもいいんだよ。

山田　二番目のは、周囲にも認められ、慣れ親しんだ相手とのセックスってことでしょ？　お互いのことを知ろうとして自分の中の卑しさや必死さを出さなくてもできるもの。それとはまた別に、警察の前ではできないセックスがある。確かに二つは別物だね。

安部　そういうこと。

山田　私の場合は、男の人にすごく一途なんです。その人しか見えない。だけど、その人と別れて、次の一途な人が出てくるまでにインターバルがあって、その間はすごくカジュアルなセックスになるの。ところが、その楽しさは一途な人とするのとまた別の楽しさなのよ。

安部　カジュアルだけど、神々しいんだよな。

山田　責任持たなくていいから……なんだけど。新しいものを知るというか、開拓する感じ。私の年になっていろいろ考えて、モヤモヤしてる人というのは、遊んでこなかった人なんだよね。遊んできた人は「もう老い先短い」とか「遊ぶ暇がないな」と思うようになって、無駄な関係に足を突っ込まないようになってくる。つまり年を経てくると、どうしようもなかった性欲とだんだん折りあいがついてくるんです。そうすると決まったパートナーと楽しみたいという気持ちになってきて、多分、ここではそれを「癒やし」と呼んでると思うんだ。ただ、長年やってきて、もうどういうものかがわかってる相手と、自分を鼓舞してやるって難しいものだと思うのね。

安部　詠美さんは、ヒロちゃん登場で、遊びから足を洗ったんだな。

山田　そんなことないよ。遊びから足を洗ったから、彼と出会えたんですよ。

安部　俺は、もう七六歳なんだよ。この年になると、自分ちでしかやったことないけど、バイアグラがないともう無理だよ。

山田　ちゃんと月二回っていう目標立ててるんだもんね。（笑）

安部　二〇一二年は「二四回やるぞ」と言って一六回しかできなかったから、今年のお正月は無理しないで一六回と決めた。今ねえ、一六分の六やっちゃったからねえ。

山田　ハイペースだね（笑）。安部さんって、よく、おちんちんや回数の話をするよね。でも、女からしてみると、すごくワイルドで雄々しいなと思うのはつきあってからのすごく短い期間で、その人を本当に好きになっていくにしたがって、そんな強さよりも、いたいけさに心惹かれる。むしろ弱々しいところのほうが愛情につながってくるわけよ。（笑）

安部　けど、俺、若い頃、ヨーロッパの女に、「なんて硬い、これ、鋼でなきゃ大理石？」と言われたよ？

山田　えっ、何？　何？　自慢なの。女からしたら、全然意味のないプライドだよねぇ。

安部　懲役に行くと暇じゃない。みんなちんぽこを鍛えたりちんぽこに彫り物をしたり大変なんだよ。

山田　ねえ、よく真珠の珠入れるとかさぁ、ああいうのって……。

安部　今度触らせてやるよ。

山田　……わかりました。手袋して待ってます。（笑）

シチュエーションが性欲をかき立てる

安部　詠美さん、今俺は、顔も知らない、見たこともない人とすごい盛り上がってるの。その人は俺の原作のアニメを見て、メールをくれて、それからやりとりしてんの。

山田　へえ〜。その人いくつぐらい？　どんな人なの？

安部　「安部譲二の歴史小説を読みたい」とメールしてくれたから、俺、歴史小説の本を二冊送ったの。そうしたらやりとりが進むにつれて、どんどん俺のことを尊敬してくれてるのがわかってきてさ。男にとって、尊敬してくれてる女とやるセックスと、もうてんからバカにして「安部譲二ダメ」なんて思ってんのとやるセックスじゃ、違うんだよ。

山田　きゅうーんってなってんの？　それ、みっちゃん、どう思ってるんですか。

安部　いっぺんもお目にかかったことないんだけど……。もう姿までちゃんと想像できるの。ポパイの恋人のオリーブ・オイルみたいなの。

山田　オブセッション（妄想）が恋の一番の媚薬だもんねえ。だけど、そういうのが一番タチ悪いんだよ。私は、もしうちの夫がそんなことやったら、「寝たほうがマシ」って言うよ。映画の『恋におちて』で、メリル・ストリープと出会ったロバート・デ・ニーロが「僕たちは何もなかったんだ」と言ったら、奥さんが「寝たほうがよっぽどマシよ」ってバシーンとやるシーンがあるじゃない？　あれと一緒。

安部　でも、最後の恋かもしれない。みっちゃん、怒るかな。困ったねえ、困ったねえ。

山田　もっと困ればいいのよぉ。年とって大人になって成熟してくるとあんまり困ることないじゃない？　だから困ったほうがいいよ。異性で困るなんて、素敵なことじゃない。

安部　けどね、バイアグラなしでできるかしらんって思うしさぁ。

山田　だから、そこだけの問題じゃないでしょ（笑）。セックスというのは動物的で、若い頃のものだと思う。でも、セクシュアリティとかエロティシズムというのは、それが済んでからのものなんじゃないかな。岸恵子さんの小説『わりなき恋』が話題になっているけど、年を重ねた人たちのセックスって、ユーモアと思えるものを介在させることでエロティシズムが生まれるんだなあと思ったよ。

安部　最後の夫婦別れして、一〇匹の猫の養育費まで払って、俺が五一のとき、今の女房が三五のときに一緒に住み始めたことは話したよね？

山田　安部さんは、そこで年齢と折りあいをつけた、と。

安部　俺、そのまま二五年間、一緒にいて、その間にいっぺんもほかの人とやってないよ。

山田　（拍手）その貞操破っちゃダメだよ。

安部　それは、偽善者だからかもしれない。考えてごらん、とっても恐ろしい妻と二五年も一緒にいると、「援交っていうのやってみるか」なんて思った瞬間、快楽に伴ういろんなことを思うわけだよ。美人局《つつもたせ》かもしれない、淋病をうつされたらどうしよう、この年になってエイズになっちゃったら……とか。でも、いっぺんだけだけど、島根県の小料理屋のおかみさんに誘われたことあんの。

山田　なんで島根県？

安部　仕事さ。で、海岸に行ってたら、夕日が朝鮮半島のほうに沈んでいくんだよ。そうするとね、水平線に沈んでく夕日から、俺と小料理屋のおばちゃんとの間に金色の道ができたんだよ。そこで、俺、フェラしてもらったの。

山田　えっ、あっ、そう……。その美しい光景、一級のラブストーリーが書けるね。みっちゃんに告白したんですか。

安部　頭っからバカにされたねえ……。俺が何を言っても嘘だと思うの。

山田　そういうラブアフェアって、外国行ったりしたときにあるよね。男の人の魅力プラス、シチュエーションの中で自分が主人公になったように酔えて、それが性欲をかき立てる。だけど、そんな背景なしでも、本当に相手のことだけを考えるようになってこそ、その人を愛してるということだと思う。

安部　でも、俺は間違いなくまだ顔も見てないオリーブ・オイルにドキドキしてる。みんな、真剣に聞いてないけど、俺は二五年ぶりに尊敬してくれる女とやりたい！

山田　安部さん、みっちゃんがもし同じようなことしたらどうすんの？

安部　もう追い出しちゃう。

山田　えっ、追い出しちゃう？　じゃあ追い出されるよ？（笑）
安部　俺、自分の女が人とやるの嫌いだもん。
山田　でもねえ、安心して。五〇代の安部さんだったら追い出されてたけど、今の安部さんは追い出されないんだよ。互いに年をとってきたことを愛しいと思えるのが夫婦だから。
安部　詠美さん、知らないんだな。今、コンビニやスーパーに行くと、イワシの梅煮でも何でも売ってるんだから、みっちゃんに出ていかれても平気さ。
山田　ね、なんなの？　最後の反抗期なの？　アハハハハハ。
安部　腹立つね（笑）。詠美さんは新婚だから笑ってられんだよ。

相手と触れあう時間を愛おしいと思えるか

山田　つきあってから最初の半年ぐらいは、アディクション（中毒）だと思う。朝起きると『ヘンゼルとグレーテル』みたいに、玄関からだんだんとブラウスや下着を落としてベッドに辿り着いてた、みたいなときあるじゃない？　お互いを知りたくて、セックスに夢中だったり。
安部　ヘンゼルとグレーテル。（笑）
山田　その時期が終わると、若い頃なら「飽きちゃった」とか「どうすんの？」となっただろうけど、年をとってきて知恵もついたら、この関係をきちんとまっとうしたい。そうなると「ここからまた楽しいことを作れる」というふうに考えるんだよね。セックスというのは必ずしも肉体だけのことでもないんだし。広義では、ただ触れあっているだけでもセックスだよ。だから私は、肉体って触れあってないとダメだと思っている。寝床を別にしたらダメ。ずうっと手を握りながら寝なきゃ。昔、森瑤子さんが「詠美ちゃん、私たち夫婦で寝室を別にしたの。そしたらお互いやっと楽になったの」と言ったときに、私はまだ二〇代だったけど、それは何かを諦めたのと同じ、と瞬間的に思ったよ。セックスは飽きるけれど、触って飽きない関係はある。結婚していて、触るのに飽きたら、もう別れるべきだと思うの。

安部　まったく同感だよ。ただね、俺たちは特殊な事情があって、最初から寝室は別なの。前にも言ったけど、家の前で二人連れの足音が止まると、刑事だと思って、俺、起きちゃうんだよ。それに、殺される夢をよく見るから、「わっ」て叫んでみっちゃんを起こしちゃう。

山田　それは特殊事情による思いやりの別ベッドだね。でも、挿入するとかしないとかじゃなくて、馴染んだ男の人が毛布みたいになってて、足からませて寝たりする、私はそれこそが癒やしだと思うんだけど。安心だよ。それでもセックスがそんなにしたいんだったら、自分ですればいいんじゃないかな。家庭壊してまで外でやる必要ないと思うし、火がついてどうしようもないときは、ちゃんと相手に言うか自分で処理するかすればいい。

安部　最近、俺、もうあんまりうなされなくなったから、「大っきなダブルベッドにして、一緒に寝ようよ」って言うんだけど、女房がね、どうもね、マスターベーション癖があるらしい。

山田　アハハハハハ、もしそうだとしたら、頭に思い浮かべるのは安部さんじゃないと思うよ（笑）。でも、韓流スターでも誰でも、夫婦でお互いのファンタジーで解消していれば変な方向にはいかないと思う。

セックスは他人と比較できない唯一のもの

安部　俺が、年のはじめに一六回という目標を立てるのは理由があるの。女の人は「やろう」とは言わないから、やる気配を見せたときに、こっち側から「やりませんか」って言ってあげるのが礼儀じゃない。ね。

山田　私……今まで一度も男の人から最初に言われたことないよ。私、自分から言うもん、必ず。（笑）

安部　俺、いっぺんだけだけど、詠美さんに「やりませんか」って言ったら、「今、男がいるからダメ」と言われた。（笑）

山田　そうそう。一途になってる人がいるときは、私、その人だけだから。空いてればね、どうなってたかわからないよ、な〜んて。

安部　本当のことを言うと、二五年間、小料理屋のおばちゃん事件以外何もなかったのは、単純に面倒くさいからなんだよ。女が明らかにやりたがってるなって隙を見せても、知らん顔してるのは、トラブルになるのが面倒くさいから。

山田　でも、こういうふうにセックスについて話しあえる今の時代って喜ばしいことだよね。大体のセックスの悩みって、「私はこうだけど、ほかの人はどうなんだろう」と、みんな、そこから始まってると思うんだ。だから小説や映画でなくリアルな言葉で話せるのは、とってもいいこと。

安部　ただささ、「夫婦にいつまでセックスが必要か」なんて聞かれると、俺、答えに困っちゃうよ。

山田　その答えは一つしかないよ。「人による」。セックスって千差万別。人間の営みのなかで、ほかの人がどういうふうにやってるかという種類では絶対評価できない、唯一のものでもあると思うのね。だからその人しかやれない形があるし、その夫婦にしかない形というのもいっぱいある。だから、会社ではすごく威張ってる社長さんが、家では「奴隷」になったっていいわけよ。それじゃなかったらつまんない。

安部　その通りだよ。バイアグラを飲んで、エロビデオを見ないときはちんぽこが勃たない年になっても、なぜ女房とやるのか。なんかね、絆の再確認みたいな作業なんだよな。「俺たちはこんなことをする仲なんだよ」ということを再確認してるわけだよ。俺、本当は臆病で気が小さいから、年に一六回は再確認しないと心配でしょうがない。

山田　あんな変な格好してあんな変なことするんだよ？　だけど若いときのセックスって戦いだから、それがおかしいと思わないんだろうね。でも、きっと、あんな変なことでも、目の前の相手とならそれが愛おしいと思えるか否かで残りの人生変わってくるんだよ。

安部　けど、オリーブ・オイルとはさ、再確認なんていう、福島第一原発で東電がやってるみたいな作業じゃないと思うんだ。俺、感激してやると思うんだよな。

山田　安部さんたら、そんなのに騙されるなんて、本当に元ヤクザの風上にもおけないよ。

（笑）

第十六幕

妻の死から立ち直れません

ご相談

昨年の九月に妻を亡くしました。ちょっとした不調から、軽い気持ちで受けた検査で病気が見つかり、三ヵ月足らずの闘病生活のあと、あっけなく逝ってしまったのです。妻の闘病中も、亡くなってからも、仕事へ行かなくてはならないという一心で、なんとか生活を保ってきました。しかし、六五歳になるのを機に引退することになり、どうやって生きていくか、途方に暮れています。

妻が元気なときは、時間ができたら海外旅行に一緒に行こう、美味しいものを食べ歩こう、といろいろと計画していました。しかし今は、何をする気力もなく、食べるものはコンビニ弁当ばかり。何を口にしても砂を噛むようです。独立した娘と息子は機会あるごとに声を掛けてくれますが、どこかへ出かけて行こうという気になれません。

入院期間は毎日、病室へ顔を出しましたが、看病をしたという実感はなく、「何もしてやれなかった」という後悔ばかりが渦巻き、苛まれています。妻が病室で読んでいた雑誌の中に『婦人公論』があり、妻の死後、パラパラとめくっていてお二人の対談記事を見つけました。お二人から一言いただければありがたいです。

下町デートのお相手は運命の出会い？

安部　ねえねえ、なんで誰も何も言わないの？　俺、痩せたと思わない？
山田　そのせりふ、何度聞いたか（笑）。……食べてないの？
安部　横に女房がいるからあんまり言えないけど、恋をしたの。
山田　オリーブ・オイルのこと？
安部　まだ生きてる人だから、あんまり話せないんだけどね。ねえ、東京の下町に詳しい？
山田　いえ、宇都宮の子ですから。
安部　もう大変なのよ。昨日の日曜日、上野の店で、七時からラストオーダーまで、二人で「これからどうしよう」っていう話をしていたの。
山田　その女の人と？
安部　うん。
安部（妻）　私と別れて、一緒になろうという勢いなんです。
山田　うえ～っ⁉（笑）　やれやれ。
安部　店出てから彼女の家まで送っていったのさ。
山田　安部さん、なんで今日はビールじゃなくてアイスコーヒー飲んでるの？　頭をクリアにしてるの？
安部　二人で歩いて歩いて歩いて、俺、そのうち、シャツを絞れば汗が出るぐらい汗をかいたの。
山田　熱中症になっちゃうよ（笑）。それ、何回目のデートなの？　前に会ったとき、パソコンでメールをやりとりしていたファンにオリーブ・オイルって名付けて、バーチャルな恋の話をしてたじゃない。
安部　ところが会ったんだよね。あの後すぐ、一緒に蕎麦食べたの。俺の親父と同じ関西の出身で、英語ができて、手に職がある女で、国立大学出てるんだよ。
山田　もうライフストーリーすべて知ってるんだ（笑）。いくつなの？
安部　俺の計算だと三〇代の後半だけど、年齢を聞くと、「私がもし四五だったらなんか変わりがあるの？　もし二五だったらなんか変わりがあるの？」と言うから、「ありません」って言ったの。
山田　年、言わないんだ。
安部　とってもね、肝心なところで謎めいた人なんだよ。
山田　アハハハハハ。ずるい女だね。ちゃんちゃらおかしいっていうやつ？
安部　まるで中近東のカザフスタンかトルコか、あのへんの姫君みたい。
山田　カザフスタンの姫君見たことあんのかい⁉（笑）

安部　俺は、あいつの言うことを全部聞くんだ、本当だと思って。いちいち「それはなぜ」だとか「どうして」とか聞かないの。
山田　都合のいい男になってるよ（笑）。じゃ、大人のファンタジーとして楽しむことですよ。……なんだその不満そうな顔は。（笑）
安部　最初はファンタジーだったのよね。今はもう三〇〇通ぐらいメールやりとりしてるわけ。運命の出会いなんだよ。
山田　え〜っ。
安部　女の言うのには、「お蕎麦を食べたときに、もう、中学生みたいなことになった」って。
山田　日本人の女にしちゃ、口が達者だね。さすがカザフスタン。（笑）
安部　何時間喋ったと思う？
（周囲から質問の矢が飛ぶ）
山田　取調室みたいだね。（笑）

七六歳のロマンティックな日々

安部　俺はねぇ、子どもの頃から今までいろんな劣等感に苦しんでるんだよ。まず、自分に普通の人みたいな学歴がないっていうことがとってもコンプレックスなの。だから成蹊大学の安倍晋三にも学習院大学の麻生太郎にもすごい敵対心があるの。あいつより俺のほうが小説書かせたらうまい、博奕させたらうまい、喧嘩させたら強い。かろうじてそういうところで、プライド保ってるの。

山田　アハハハハハ。安部さんの話、どこに行くの？

安部（妻）　ごまかしてるんです。

山田　さすが、取り調べ慣れしてる。（笑）

安部　みんなに笑われたり、取り調べられたりするときに、「ウサギ」っていう術があるの、ピョンって跳んで逃げる。だから、俺にしてみたら、国立大学出てる女ってさ……。

山田　たくさんいるよ、そんなの。

安部　俺、思うんだよ。昨日出かけるときも、七六歳の俺が鏡の中にはちゃんといて「普通、女がこの顔に惚れるわけないよなあ」なんて思いながら髭そってんの。不思議だと思わない？　七六歳の俺を好きだなんて。

山田　ねえ、プラトニックなの？

安部　あのねえ……。

山田　こういうときは、「カツ丼食うか」と言わなきゃいけない？（笑）

安部　二回目のデートのときに、俺は女房に言うの。「男が『やろう』って言わなきゃ、女のほうから言うことは滅多にはねえんだ。できちゃえば問題が複雑化するから、俺から

『やろう』とは言い出さないよ」って。そしたら二度目のデートのときの彼女は、本当の〝触れなば落ち子〟さ。

山田　「終電なくなっちゃった」とか？

安部　「やろう」を言う前に、もうパンツを脱ぐ態勢だよ。だけども俺、ちゃんとタクシーで家まで送っていって、マンションの中に入りはしなかった。すごいだろ。

山田　誘わなかったの？　向こうは。

安部　あなたもう、タクシーの中だってピタッと寄り添って、体が溶けそうになってたけど。で、今度、仕事でイタリアに行くらしくって、俺が来てくれるって思ってるんだよ。

山田　安部さんの元彼女が書いた『素敵なあいつ』でも、彼女を追ってアムステルダムに行ってたもんね。

安部　彼女は、俺の研究家で、俺の書いた本からインタビュー記事まで全部読んでいて、よく知ってるわけだ。

山田　その女の人、筒井康隆さんちで勝手に水まいてた女と一緒じゃない？　ドラマティック症候群なんだよ。安部さんの波瀾万丈な人生の中に入り込んだ自分……。男性の作家は、そういう人と実際に会っちゃうのよね。

安部　ちょっと弁護士にも言わせて。

山田　それこそ恋って普通じゃないからね、わかるよ、非日常に突き落とされる気持ちは。

（笑）

安部　「こんな図々しくってわがままなことをしたのは中学生以来、初めてのことです。どんなにあなたの奥様に、嫌な思いをさせたか……」ってメールが、今朝来たの。

山田　それを言うところがまたなあ。

安部　俺も困ってさぁ。

山田　すみませんが、それ、女からすると「ケッ」だよね。安部さん、ずうっと平和な生活送ってきたから、そっち関係に関して勘が鈍ってんのよ。

安部　昨日俺がデートに出かけるために、髭をそり、シャツを着替えたときに、これ（妻の美智子さん）が言ってくれるの。「いずれ遅かれ早かれ、今日にでもあんたはその女に老いぼれた自分の姿を見られて、嫌になって捨てられるわ。そうしたら、いつでもウチに帰ってきなさい。私は仕返しはしないし」。

安部（妻）　……（笑）。言ってません。

安部　「あなたが寝たきりになっても――」って。

山田　面倒みる、って？　安部さん、それ都合良過ぎ。

安部（妻）　「仕返しする？」と聞くから、「しないと思うよ」と答えただけです。弱ったときに、私が意地悪して、手が届かないところに水を置くんじゃないか、と考えてるんです。

山田　安部譲二もヤキがまわったね。

安部　じゃ、立場変えて、俺になってごらん、やっぱりね……。

山田　ロマンスだね。わかる。でも、私は、ネットで知り合ったりはしないよ。（笑）

安部　「こんな気持ちになったのは初めてです」。要するに、やらせたことは何回かあるけれど、男に惚れたのが初めてだと言われてごらん。

山田　私さぁ、何人の男にそれ言ったかわかんないよ。アメリカ人って、シャワー浴びたあと「feel like a new person」と言うのね。相手代えて恋したときも同じじゃない。「feel like a new person」。そんなもんですよ。（笑）

忘れられないのも妻への愛の証

安部　詠美さん、この六五歳のご相談さぁ。俺、この方と同じ目に遭ったらどうするかしらんと思うとさぁ……。

山田　でも、片方ではカザフスタンとどうにかなりたいんでしょ。

安部　今の俺と、六五歳はほとんど同じ状態だからさ。さっき、女房は「もう離婚しよう」って言うんだよ。それは、死なれたのと一緒じゃない。ヤバいよなあ。

山田　男の人って、自分の生活のファウンデーションを整えてくれる人と、ファンタジーをかき立ててくれる人が両立すると思ってるじゃん。たいていは両立しないんだからさ。

安部　だから昨日、二人で、両立するか別れるかを話し合ったのさ。女は、今の奥さんを追い出して、妻の座へなんていうことは、とっても無理だと思ったってさ。だから、手前勝手で図々しいことを言えば、安部さんが私の住んでるマンションの二階上か二階下に住んでくださるのが一番いい。でも、それも実現不可能だ、と。(笑)

山田　すごーい、厚かましい。何かを得ようとしたら、自分も何かを差し出さないといけないのは、大人なら知っているよ。彼女はドラマティックなものだけがほしいわけでしょ。そういうのって、普通、女は二十歳《はたち》そこそこで卒業するのに、それをアラウンド四〇でやってるなんて。

安部　普通の女がそういうおちんぽだのおめこだのを学ぶ時代に、あの人は勉強してきたのっ！

山田　何言ってるの⁉　勉強しながらでも〝ながら族〟やれるって！　はっきり言って、女性読者の中で彼女の味方は一人もいませんよ。安部さんの話はいいから、相談に答えようよ。悲しいよ、この人。わかるよ。

安部　ねえ、気の毒だよね。

山田　これは、もうどうしようもないよ。日本人の男って、妻が元気なとき、「時間ができたら海外旅行に一緒に行こう、美味しいもの食べ歩こう」と言うんだけど、言うだけ。

この人はその見本なんだよね。この団塊の世代って、女性の解放とか言いながら、フェミニズムをすごく利用した世代だから、それにのっとって来ちゃったことに、すごく後悔が残ってるんだと思うんだよ。ま、しょうがないね。忘れられないのも、妻への愛の証。自分の罪の意識をこれから一生かけて考えていくうちに、また新しい出会いもあるかもしれないし。なかったら、また私たちのところに悩み相談を送ってください。

人は明日死ぬかもしれない存在だから

安部　これはとってもお気の毒なケースで、人生の危機でもあるんだよ。今ね、俺が宗教の人だったら、たちまち折伏《しゃくぶく》に乗り込むよ。

山田　自分のことを置いて〜、よく言うよ（笑）。明日もしかしたら大切な人が死んでしまうかもしれない、と知ってる人と知らない人というのは、全然違うと思うの。たぶんこの人は、奥さんはずっといると思ってたんでしょ。明日いるべき人が次の日いないことがあると身に沁みてわかっている人は、こういうふうにならない。

安部　うん、うん。

山田　私は、人に死なれた経験が結構多いから、もしかしたら明日いなくなっちゃうかもと思うほう。あんまり世代論を持ち出したくないんだけど、団塊の世代って、学生運動とかやったくせに、そういう死生観は身についていなくて、始末におえないところがあるね。

んだもん。

安部　俺は、この人の気持ちがよーくわかるよ。俺も、女房に「離婚しよう」と言われたら、安部さん生きていけないよ。

山田　みっちゃんにいなくなられたら、安部さん生きていけないよ。

安部　実印の置き場所も、どの銀行にいくらあるのかも、なんにもわからない。俺ね、下着のある場所しかわからない。

山田　うちの父と一緒だ（笑）。具体的にこの人のために考えると、こういうときって、手足を動かすといいと思うの。料理を作るのはどう？　奥さんが作ってくれたものを思い出して作るとか。食べることから始めないとダメなんじゃない？

安部　俺も含めて、男はみんな、甘ったれだからなぁ。

山田　もしかすると九〇歳まで生きちゃうかもしれないじゃない。ずっとコンビニ弁当ではやってられないでしょ？

安部　俺の父方のおじいさん、九六歳で亡くなったんだよ。それで、おばあちゃんが死んでからずっと一緒に住んでた元芸者に、「おじいさん、いくつまでなすった」って聞いたら、「お亡くなりになる三年前までちゃんとなさいました」と言ったんだよ。俺もまだまだやれると思ったね。

山田　それは、相手を代えたからじゃないの（笑）。そんなに性欲があるって、かえって面倒くさいとは思うけど、生きることに直結したシンプルな欲を持つのは大事だよね。

安部　俺は、祖父を尊敬する。俺、いつでもバイアグラを持ってるの。

（と、懐から取り出してみせる）

山田　あっ、一個なくなってる。見栄張って捨てたんでしょ。（笑）

安部（妻）　ニトロも持っています。

山田　えっ、そこまでして……。でも、安部さん、みっちゃん大事にしないと、この人みたいに後悔することになるよ。

昨年暮れに八二歳で知人が亡くなったのね。そこは、おしどり夫婦で、素敵なカップルだったんだけれど、残された奥様がハガキをくれたとき、隅っこに、「もうとても一人で生きていける気がしません」と書いてあった。八〇歳ぐらいだったら、それでいいと思う。もう一度別の人生を生きろとは言わない。でも、六五歳という年は、もし健康だったら、これからの自分の人生も考えないといけないの。「時間薬」という言葉があるように、時間がなんとかしてくれるから大丈夫だと思うけど……。何かやれることが見つかればいいけど……。

安部　けどさ、この方は、今、ゴルフをやりなさいだとか、囲碁をやったら？　なんて、そんなことを言ったって聞く耳もたないと思うんだよ。

山田　そうだね。とにかく生きのびて時が過ぎ行くのを待たなきゃ。残酷な言い方をすれば、悲しむことにだってやがて飽きるから。……安部さん、ビールかなんか飲めば？

安部　俺、昨日……。

山田　あ、飲み過ぎちゃったんだ。

安部　ううん、昨日約束したんだ。一日に一缶しか飲みませんって。

山田　彼女との約束守ってアイスコーヒーだったの？　もしかして。

安部　俺のこと、みんな大嘘つきだと思ってるけど、実は、約束したことは誠実に守る男なんだよ。

山田　はは～ん、中二病？　そうかあ。私、勉強になった。安部さんの年でもちゃんと中二病になれるんだ。安部さんが、夢見させてくれてありがとうという気持ちだったら、別にいいけどね。今度変装して、デートの現場を見に行こうかな。

安部　あいつは肝心なことをぼかしたり、隠したり、そんなことはやってるのに違いないと思うよ。けど、とりあえず、コンプレックスに満ち満ちた俺としては……。彼女は自転車にだって乗れるんだよ。

山田　そこ？（笑）　安部さんのコンプレックス、すごく複雑だもんね、優越感と劣等感が絡み合っていて。

安部（妻）　権威が嫌いだって言ってるけど実は権威に弱い、だから反発するんですよね、人の三倍ぐらいに。

山田　ヤクザって結構、権威主義な職業だもんね。そういうところに、彼女がススッと入ってきたんだね。

安部　コンプレックスの裏返しっていうのはあるんだよ、うん。でも、とりあえず、ちょっとトウはたってるけど、カザフスタンのお姫様みたいだし、よく働くキャリアウーマンなんだよ。俺に惚れてるし……。

「人生の危機」に群がる輩

山田　私の男友達で女刑事とつきあったのがいたのよ。「電話してきて、『今張り込み中だけど、声聞きたくて電話しちゃった』って言うんだよ」とのろけてたんだけど、すぐ別れた。「よく考えたら全然好みじゃなかった」って（笑）。自分とはまったく関係ない非日常な職業の人だったからよかったんだね。カザフスタンが何してんだか知らないけど、自分に遠い存在だったから、安部さん、興味津々なのよ。見た〜い。背高いんですか？

安部　背はみっちゃんより五センチ低いかな。

山田　厳密ですね。

安部　おっぱいは大きい。まだじかに触ってないけどね。本当のいい女っていうのは、細い体に大きなおっぱい。それで、乳首の角度が……。

安部（妻）　斜め四五度。

安部　斜め四五度。

山田　アハハハハ。そんなところまで、奥さんにフォローされてどうすんの。安部さんさぁ、みっちゃんいなきゃ、恋愛もできないんだね。
安部（妻）　相談されてますから。
山田　もう少し、本編の相談にのろうよ。
安部（妻）　お酒にいかないといいですよね、この人。こういう男の人って、それで逃げますから。自殺する前にお酒でやられちゃう。
山田　でも、飲み始めてもアル中になるまでに何年もかかるから、この年ならもういいかも。
安部　宗教がこの人を狙ってるに違いないし、覚醒剤を教えるチャンスだし、アル中にするチャンスだし、サイコロを教えるチャンスだし。いろんなやつが狙うチャンスなんだよ。
山田　でも、安部さんみたいに、カザフスタンの女につけこまれるよりマシだよ。自分で自分の人生破滅させる自由もあるでしょ。
安部　俺ねえ……。俺、最初に言うんじゃなかった、カザフスタンの話を。
山田　何言ってるんだーい。女子高校生の、「聞いて聞いて」な状態だったくせに。
安部　詠美さん、とにかく大変なことなんだよ。こんな形で男と女が出会うなんてさ、「盲亀《もうき》の浮木《ふぼく》、優曇華《うどんげ》の花」だと思わない？　珍しいありうべからざる、神がやったとしか思えないほどのことだと思わない？

山田　はー、もう安部さんが幸せなんだったらそれでいいよ――って、すごいどうでもいいまとめ方をして。（笑）
安部　けど、相手の女はもう腰が引けてんの。
山田　なんで？
安部　「妻という字にゃ勝てやせぬ」だもん。
山田　そんなの、最初っからわかっていたことでしょ。
安部　いや、この前まで戦闘モードだった彼女が、今朝のメールで、これは負けちまうって感じがした。
山田　みっちゃんが何も言ってこないから怖いんじゃない。私がみっちゃんなら、とっくに離婚してるな。
安部　ヤバいよなあ。
山田　っていうか、私なら、最初のデートの段階で離婚してるから。
安部　はぁ～っ。（美智子さんに向かって）お前はもう、今朝のメールで自分の勝利を確信してるだろ。
安部（妻）　……。（苦笑）
山田　っていうか、みっちゃんそもそもセコンドだから、全然勝負と関係ないから。
安部　たとえば、天皇陛下に恋をしちゃった兵隊は勇敢に死ぬんだよ。つい七〇、八〇年前のことだよ。安藤昇に恋をした子分、俺、二一人もお弔いを出してるよ。だから、恋ってのは、危ないんだよ。死んじゃうかもしれない。そう思わない？　俺、もう七六だもん。今死ぬかもしれないんだから、いいじゃないか恋ぐらい。

山田　明日またインターネットで、新しい国のお姫様と知り合うかもしれないしね。

安部　いや、今はカザフスタンとどうするかだよ。

山田　こらっ、いい加減にしなさいっ。みっちゃんを横において、無神経にもほどがあるよ。妻に対して失礼だよっ。質問者にも失礼だよ。

安部　えっ、……えっ、詠美さん（シュンと小さくなって）、困ったなぁ。

山田　元ヤクザを叱りつけてる女の作家って、私くらいだよね。（笑）

エピローグ　恋の結末

マグカップ撲殺事件発生？

安部　今日は、詠美さんとみなさんに、公式な謝罪とアナウンスをさせてもらうよ。カザフスタンの彼女との間違いで、とってもご迷惑かけた。
山田　アハハハハハ。別に迷惑なんてかかってないよ。ただブチ切れただけ。この前、安部さんとカザフスタンの恋の話を聞いてからひと月。その後、進展はあったんですか？
安部　あのね、めでたく、あれからすぐにカザフスタンは逃げて。俺は土下座して謝って。
山田　ふ～ん、逃げたのね。誰に謝ったの？　みっちゃんに？
安部　（美智子さんを見て）そう。あれ以来、俺、ずっと謹慎してるの。
山田　それはそうだわ。
安部　黙って聞いて。
山田　は？（笑）
安部　こいつがある時点で一応理解を示して、「お金いるでしょっ。持っていきなさい」と俺にくれたお金が随分あまっているので、とってもご迷惑かけたみなさんを、招待したいの。

山田　みっちゃん、お金あげたの？　さすが元ヤクザの女房。（笑）

安部（妻）　彼女とデートに行くときに、今後ちょこちょこ「少しお金くれよ」と言われて渡すのは嫌なので、「少しまとまったのあげとくから、あと好きにやってよ」と渡しておいたんです。

山田　そうだ！　こないだのニュースだけど、「旦那が私の一番嫌いな女と浮気した」って、マグカップで夫を撲殺しちゃったじゃなぁーい。

安部　あれ聞いて、俺も危ないと思った。

山田　気をつけなよ（笑）。みっちゃんみたいな人はずっと耐えているけど、突然爆発するとマグカップになるんだから。

安部　それでね……。

山田　マグカップの取っ手がとれてたんだってね。肋骨も折れてたんだってね。

安部　俺が公式なアナウンスと謝罪をしてるんだから、話の腰を折らないでよ。

山田　なんでこれが公式になっちゃうんだろうね（笑）。みっちゃんにお金もらったとき、なんて思ったの？

安部　「二五年も俺の女房やって、なかなかできたな」って。

山田　ファックユーだよね。安部さんって、その可愛げで全部もたせてるけど、本当だっ

たら何度もマグカップで撲殺されてますよ。（笑）

安部（妻）　いや、多分後ろからフライパンですよ。

山田　あるいはワインで殴られて（笑）、埋められちゃってた。しかも、タンスに……そして、ばらばらにされて放置……って事件ありましたよね。

安部　一八戦も闘ったボクサーだよ。七六歳になったって、マグカップで女に殴り殺されることはないよ。

山田　殺された男の人たちも、みんなそう思ってたと思う。

安部（妻）　簡単ですよ、そんなの。飲んで帰ってきたら、いつもフラフラになってるから。

安部　俺の話、途中で遮らないでよッ。

山田　フフフフッ。

安部　女房が、ちょっとしたお金をくれたから、すぐカバーのかかった本のカバーを抜いて、その中にお金を入れて本棚に隠したの。この人がほとんど読まない西部劇小説。そしたらこれがキレたときに、ちゃんと隠し場所を知ってたんで、俺、仰天すんの。

安部（妻）　だってすぐわかる（笑）。抜いた本がボンッて、普段置いてないところに置いてあるんですから。

安部　普通はわかんないよ。

安部（妻）　あなた粗忽すぎ。隠そうと思ったら、もうちょっと真面目に隠しなさいよ。（笑）

山田　そういう安部さんが可愛げがあるって、みんな思うわけじゃない。ずるいねえ、本当に。（笑）

安部　これは公式な謝罪とアナウンスだから――。

「恋するナオちゃん」の日々

山田　なんで逃げられたの？

安部　俺ね、前に話したけど、上野から彼女の家まで歩いたでしょ。

山田　それで熱中症みたいになっちゃったっていう話？

安部（妻）　熱中症になってフラフラになってうちに帰ってきたんです。ま、帰ってきた頃には少しよくなったんで、それからいろんなこと私に相談してきたんですけど。それで翌日のこの対談、何もそんな話を持ち出さなくてもよかったのに、ご相談にも応えず、自分ののろけ話ばっかりずっと喋ってて……。

山田　そのことしかもう頭になかった。

安部（妻）　あれじゃあみなさんに失礼だと、私、たしなめたんですね。

（安部さん、肩を落とす）

山田　そんなにしょんぼりしないで。

安部（妻）　憂さを晴らすならいいとも思ってたので、お金を渡したんですけど、「こんなに周りが見えなくなるんじゃ、どうしようもないよ」と言って、私、ちょっとキレたんですね。

山田　みっちゃんキレると怖そう。（笑）

安部（妻）　マグカップは持たなかったけど……。「とにかく彼女は何を望んでいるのか。あなたもどうしたいのかはっきりさせて。目の前でメールのやりとりをされても、こっちも不愉快でムカツクから」と、言ったんです。そしたら、この人は、相談しようと「すぐ会いたい」って彼女に電話をして。それまでも、夜にしょっちゅう電話で話していましたから。

山田　情熱的～。

安部　それで会って、「君は、要するに僕とどうなりたいの？」と聞いたんだよ。そうしたら「私は多忙で、今は一緒になっても、恋したあなたに朝ご飯を作ってあげることもできません。でも、マンションに引っ越すことにしているし、五年後には忙しさも一段落するから、あなたの朝ご飯を作れるようになります。だから、あと五年、私との月一回の逢瀬を楽しみに、お酒も煙草もやめて健康に気を配っておとなしく小説を書いていてください」って言うの。

山田　そこがケッなんだよね。そういう物言いが気に食わないの！
安部　物言いは、俺が翻訳してるから。
山田　え、しかも超訳？　シドニー・シェルダンが名作になっちゃうようなもんだね（笑）。その超訳はともかくとして、短い間にマンションとか朝ご飯とか持ち出すこと自体が野暮というか、ビンボー臭いというか。大人なんだから、アバンチュールはあってもいい。でも、生活臭いこと言うからカッコよくなくなるんだよ。
安部　じゃあ、言わなかったことにする。
山田　もう言っちゃったから。
安部　もうー、いちいちウルサイんだよ。
山田　何、逆ギレしてんの。
安部　あとはみっちゃんに聞いて。俺が言うとますます墓穴掘ることになる。
山田　アハハハハ。
安部（妻）　その夜、帰ってきて「そういう話になった」と言うんで、「五年待って、それ？　それじゃあなたまるで犬みたいね。あなたは彼女のペットになりたいんだね」と言ったんです。
山田　安部譲二ともあろう男が、ねえ。（笑）
安部　わかったよッ。みんな、カザフスタンを毛虫みたいに思うでしょ。

山田　思ってる、思ってる。

安部　けど、二五年前のカザフスタンは、みっちゃんなんだ。みっちゃんと出会った頃、俺だっていろいろ事情があったけど……ね。こいつは六〇㎡ぐらいのマンション持ってて、住んでるの。俺、それに侵入することに成功したの。これがね、わざと誘いの隙を見せたんだと思うの。俺、それにつけ込んだの。

あまりのことに、ついにキレた

山田　あの頃の安部さんはすごくパワーのある時期だったわけでしょ、まだ私ぐらいの年でしょ。それは、何もかもが自分のパワーで何とかなると信じてた男の傍若無人さがあったんでしょうね。

安部　その頃の俺はさぁ、横須賀のなんつったっけなぁ、自衛隊のあるところにマンションを買って住んでて……連載が一九本もあった頃だよ。毎日が締切だよ。

山田　その頃、結構会っててご飯食べたりとかしてたんだけど、私は生意気にも「やめなさい、そんなふうに書いてちゃダメだ」と言っていたよね。安部さん、おかしくなりそうな感じだったもの。でも、みっちゃんも燃えたでしょ、そのとき。

安部（妻）　フフフフフッ。

山田　だって、その頃の安部さんて本当にギラギラしてたよ。雄のパワーすごくてさ。私だってさぁ、安部さんがもし黒人だったらちょっとわかんなかったかもよ。

安部　黒人じゃねえもんな。（笑）

山田　言っても詮ないこと言ってしまいました（笑）。ところで、その後の顚末はどうなったのかなぁ。そこ、すごく避けてるんだけど。

安部　……みっちゃんに聞いて。みっちゃん、キレたんだから。

山田　カザフスタンもカーッとなったものの、どういうふうに、何をしていいのかわからなかったんじゃない？

安部（妻）　恐らく彼女も全然現実的ではなかったんだと思う。この人は最初っから「ちょっと遊ばせてよ」みたいなことを言っていて、まあそれならそれで目をつぶろうと思ってたんだけれど、「五年後に」だとか、「酒も煙草もやめて」なんて話になったら、協力はできない。だから「好きにして」って言ったんです。

山田　私もさぁ、ラブアフェアならいいわけよ。ベッドだけの関係なら、しょうがない。ああちょっと粋なことやってるってまあ目をつぶるじゃない。でも、その女のその言い草ってさぁ。多分五〇代ぐらいの安部さんだったら、「なにこんな貧乏臭い、生活感出しやがって」って思ったと思うの。ところがやっぱちょっと弱ってるのよ。弱ってるからそこにぐらっとくるのよ。だって昔だったら、そんなことは絶対にラブの要因にならない。

安部（妻）　「今楽しく遊ぼうぜ」で終わればいいけど、「明日病院に行きなさい」ということまで言うようになってきた。それで、「もう、私は協力しないから好きなようにすれば」と言ったら……。

山田　怖くなっちゃったんだ、ナオちゃんは。

安部　俺、急に不安になっちゃったんだと思う。

山田　ケッとか思うけど、でもそこが安部さんの安部さんらしい可愛げのあるところでもあるよね。

安部　援護射撃、ありがとう。

山田　いやぁ、お礼言われるようなことじゃ。全然援護してないし。（笑）

夫を支える妻、妻に甘える夫

安部　カザフスタンはね、「五年も不自由に過ごせと、そんな図々しくって手前勝手なこと、あたしが言ったりしてるのが自分で信じられない。中学生のときだってこんなこと――」って。

山田　それって、彼女の〝手〟じゃない。

安部　いや、俺は初めてだと思う。

山田　映画『恋に落ちて』のロバート・デ・ニーロじゃないんだからさぁ。

安部　もう終わっちゃったことだから言うんだけどさぁ、あの子の言ったことみんな本当だと思う。でも、俺、みっちゃんに「好きにして」と言われてメールを打つの。「俺、もう、携帯電話もない。女房がキレかかってる」って。

安部（妻）「もう携帯電話、僕は持ってません」と、さも私が携帯を捨てたみたいな感じで（苦笑）。しかも、「女房がちょっとキレかかってます、でも今度の約束、楽しみにしてます」みたいな中途半端な内容で。映画の『風立ちぬ』を二人で一緒に見る約束をしていたんですね。そうしたら、三、四時間後に、「もうあなたとは会えません」と返信がきて。

山田　こりゃ大変だと思ったんだ。

安部　多分ね。

山田　安部さん、私たちの後ろに数万人の女性読者がいると思ってくださいよ。女は見抜くよ、「あ〜あ」って、「安部譲二がこれかよ」。

安部（無視して）「もう会えません。でも陰ながら応援しています」ってメールが来たときに、俺はこの人に言うの、これは博奕打ちの勘だけど――。

山田　博奕打ち。（笑）

安部「映画の約束については、もう一回メールがあるよ」って。そうしたらあったの！

山田　あったの？

安部　二日後に、「やっぱり映画一緒に見たいです」と。それでこいつが、初めて彼女にメールしたの。

安部（妻）「美智子さん、どうぞ許してください」みたいなことを書いてあったので、そこで初めて、私、登場しました。

山田　えええ〜っ、じゃあそこで彼女は対等に張り合ったわけ？　えぇ〜っ。ちょっとお〜。彼女は安部さんのこと好きなのよ、だけど面倒くさいこと嫌なのよ。ファンタジーだけを追いたいんでしょ。

安部（妻）　だから、二人とも面倒くさいことは私に投げてるわけ。

山田　ダグが他の女と恋に落ちたときに、私も、やっぱり、面倒みる人になったよね。その人と別れる際に「サイコロジカルな作戦みたいな感じで彼女からもらったプレゼント身につけたいと思うんだけど、どう思う？」って聞かれたとき、もうガーンッてグーで殴ったよ。

安部　アッハッハッハ。

山田　Asshole！　って感じでさぁ。女がしっかりしているのには、しっかりしてることの理由がちゃんとあるのに、男の人ってわからないんだよね。だから、しっかりしてる女だから自分は何を言ってもいいと思って甘える。一所懸命自分自身を支えてる状態をわかってもらえないんだって思ったときに初めて、「あ、もういいやこの人」って思って、離婚しようと思ったの。

安部（妻）　そうなりますよね。絶対。

山田　私はそのとき、「誰か私と遊んで」って思ったもん。だから、そのときの男性関係すごい激しくって。もうどうでもよかった。そのときに私のことをちゃんと見てくれる人が必要だったの。

安部　しまった。実はね、詠美さんも俺の八八兎のうちの一兎だったの。

山田　アハハハハハ。なんですかそれ。

安部　狙ってたの。

山田　私、あのとき外専だったから（笑）。黒人《ブラザー》じゃないと。それで、みっちゃん、どうした？

やられたら百倍返しが安部家のモットー

安部（妻）「もう引っかき回すのはやめてください」って、私の名前で。

（パチパチパチと一同から拍手）

安部（妻）「安部の若い頃からのモットーは、やられたら百倍返しですから、それが我が家のモットーです」って書いたの。

山田　そうこなくっちゃだよ。イエーイ！　格好よすぎ。だから、夫の浮気で苦しんでる奥さんには、みっちゃんのやり方をお勧めします。百倍返し。黙っとけって（笑）。安部さん、この結末を小説に書けばいいよ。自分をすっごく情けない男として書いたらチャーミングないい小説になるよ。

安部　カカアに愛想をつかされるまでもなく、自分が七六歳時点でどんなに情けなくてだらしなくて、色ボケしてるかわかってんの。

山田　それを書けばいいじゃない。今、安部さんはみっちゃんに頭上がんないんだろうね。

安部　平身低頭だよ。けどね……。

山田　けどねえ〜って（笑）。安部さんが恋に落ちたのって、みっちゃんと安部さんの長〜い結婚生活で、初めてじゃないでしょ？

安部（妻）　こういうケースは初めてです。

山田　初めてなの⁉　それもまたすごいんじゃない？　隙あらば誰とでも、な感じが漂ってた人が、すごいね。安部さん、みっちゃんと出会って、変わったんだね。

安部　俺のこと、「アベナオ」じゃなくて、これから「半沢直樹」って呼んでちょうだい。

山田　あなたじゃないでしょ、「半沢美智子」だよ。（笑）

安部　けどさぁ、ねえ、情けないけど、だらしないけど、色ボケだけど、けど、七六で女ができたってすごいだろ。

山田　まだ言ってる……。だから、それ小説に書いて、渡辺淳一先生を超えるんですよ。（笑）

おわりに　安部譲二

この『人生相談劇場』を永くやっているうちに、相棒で主役の山田詠美さんは、輝いた瞳がクリクリしている若いヒロちゃんと御結婚なさいました。

そう言えば、〝うんと若い男を愛して困っているワタシ〟なんて御相談は、いただいた覚えがありません。詠美さんは僕には何の相談もなさらずに、嬉しそうに満ち足りたお顔でミセスになりました。

幸せそうな詠美さんを横目に見ながら、僕はそんな大幸運にはほんのチョットしか恵まれず、悲惨でヒモジイ減量を続けて一〇キロも体重を落としたのです。凄いでしょう。

極楽トンボと嘲笑されようが、「生まれたからには、豊かで幸せな人生を送らなければ大損だ」というのが、七六年間僕が守り続けたポリシーでした。

ですからこの世の地獄、刑務所にブチ込まれても、非道《ひど》く惨めで自由を奪われた塀の中で僕はいつでも陽気で朗らかでした。いくらやっても咎められないのは、息を吸って吐くことと眠って夢を見ることだけの獄中ですから、なおさら僕は楽しげに振る舞っていたのです。

そんな僕の様子が気に障るのか、「アベッ、この野郎ッ。お前はここに遊びに来てんのか」なんて、よく看守に怒鳴られました。

でも僕はそんな所で過ごしたから、過酷な現実や悲惨で辛いことをなんとか誤魔化し、やり過ごす術を身に付けたのです。

僕は今までにもラジオやその他の媒体で、何度か人生相談をやったことがあります。御自分の生き方や境遇、就職・恋愛・結婚・離婚の悩み、親子関係や職場の人間関係、病気、アルコールや薬物依存など、御相談内容はあまり変わりません。

でも三年にわたる今回の『人生相談劇場』の中に、一度も「飢えて死にそうです。どうしたらいいでしょう」という御相談が無かったことに、僕は日本の豊かさをつくづく思い知ります。病気に苦しむことと、飢えに泣くことさえなければ大丈夫です。

心を陽気に朗らかに保って、他人の所有物、特に女や男にチョッカイを出さず（詠美さんの小説では、僕がチョッカイと書いたことを非常にしばしば〝恋〟とお書きになります）、他の人に迷惑さえ掛けなければ、贅沢は出来なくても充分幸せな人生が過ごせます。

いつだって遅過ぎることはありません。僕なんか四六でその理屈に気がついて、四九で作家になれました。今は七六の〝元小栗旬にクリソツ〟な半隠居の爺ぃです。

僕のグダグダ噺を詠美さんが、グッと引き締めて下さり、島﨑今日子さんが素敵な文章にして下さいました。

『人生相談劇場』をお買い上げの皆様に、心より厚く御礼を申し上げます。

〈追悼・安部譲二さん〉
ベストフレンド4ever　山田詠美

奥さんの美智子さんから亡くなった知らせをいただき、翌日すぐに阿佐谷の御自宅にうかがった。最後に顔を見てやって、という美智子さんの声に促されて覗き込んだ安部さんの顔は、すやすやと気持良く眠っているように見えた。でも、来たよーと言って頬に触れたら、とても冷たかった。やっぱり死んじゃったんだ、と思った。

実は、その二日前、私は安部さんの夢を見た。往年のハリウッドスターが運転するような派手なキャデラックに乗った彼が私の家の前に横付けして、驚くこちらに向かって笑いながら手を振るのだ。

目を覚ました私は、隣に寝ていた夫にその話をして、呟いた。まさか、安部さん、死んだりしないよね、と。でも、死んじゃってた。親しい人が、亡くなる前に、そんなふうにして会いに来てくれる経験を、私は、これまでにも何度かしている。そのたびに、やるせない気持で、知らせてくれてありがとうと心の中で手を合わせて、礼を言う。そして良い旅を、と。

安部譲二さんが、自らの服役中の体験を元に『塀の中の懲りない面々』を書いてデビューし、一躍、時の人となったのは一九八七年。その二年前にデビューした私は、黒人との性愛を大胆に臆面もなく描いた、と文壇のビッチ扱いされていた。このお騒がせな二人なら好カードじゃないか！　と編集者が膝を打ったかどうかは定かではないが、すぐさま対談の企画が持ち込まれ、安部さんと私の対面と相成ったのである。

いや、しかし、その対談の一回目は実現しなかったのだ。当時、私は、同居していたアフリカ系男性と問題を抱えていて、あろうことか、対談当日に大喧嘩。それでも時間に遅れる訳には行かないから、罵声を浴びせる男を無視して家を出ようとしたらつかまった。そして、そのまま、ずるずると引き摺られてベッドの脚に手錠でつながれてしまったのである。

うわーん、サムバディ　ヘルプミー‼　などと叫んで抵抗していた私だが、どうにもならなくて、その日、初対面となる筈の安部さんとの逢瀬は叶わなかった。つまり、すっぽかした。

これは、あっちゃならんこと。まーったく私の信条に反する、と猛省した私は、安部さんに長い手紙を書いた。正直に事の次第を打ち明け、ひたすら詫びた。すると、二日後、美しくラッピングされた大きな箱に入った薔薇の花束が届いたのである。その、いかにも高価な花々の間にはカードがはさんであり、こう書かれていた。

「詠美さん、いつでもうちに逃げていらっしゃい。あなたの居場所くらいなら、いつでも確保出来ますよ、安部譲二より」

　ほっとして力が抜けると同時に泣けて来た。仕切り直しとなった対談は、これ以上ないくらいに和気あいあいとした雰囲気の中で行なわれ、大成功。こうして、私と安部さんは友達になった。

　あれから三十余年。何かの折りに、安部さんは、葉書やら手紙をくれたが、その書き出しには、いつも、こうあった。

「詠美さん、おれの親友」

　嬉しかった。でも、同時に、私は、その言葉に、ひどく照れていたと思う。私にとっても、とてもとても大事な友。そう実感しているくせに、会えば気恥しくて、ものの解った姉御のような態度をとってしまうのだ。二十以上も年上の男なのにさ。しかも、元ヤクザにだよ？

　でも、この元ヤクザは、ただの元ヤクザじゃなかったんだ。私の家で手料理を振舞い、にぎやかな宵を過ごした時には、二人で踊った。安部さんは華麗なステップで私をリードした。何たって、ロンドン育ちのお坊っちゃまだもんね。英語だってお手のもの。クィーンズイングリッシュだ。あれ？　極道だったんだよね？　と面食らう。そのチャーミングなギャップに、どれほどの女が泣かされて来たことか。

　理想の男は安部譲二と打ち明けたのは、画家の故・佐野洋子さん。それなら、と彼女の家に安部さんを呼び出した時は泣かんばかりの感激ぶりだった。こんな男をすぐに呼び出せる私、少しは佐野さんに尊敬されちゃったかも。役得？

安部さんに最後のお別れを告げた日、御自宅の居間で、美智子さんに、ありし日の安部さんの映像を見せてもらった。ＮＨＫの番組で、彼の父のルーツを探りにロンドンを訪れるドキュメンタリーだ。それは、彼の育ちの良さを物語るものだったが、身を持ち崩した理由についてこうも言うのだ。

「おれ、ヤクザを任侠って受け取っちゃったのね」

なるほど。確かにその言葉はあなたに相応しい。愛し愛され、憎み憎まれ、それでも任侠という古臭くもいとおしい矜持を大事に、存分に濃く生きた。

さようなら、安部譲二さん。

あたしの親友。

解説

宇垣美里

相談するとき、その多くはもう自分の中で答えが決まっているものだ。その上で話を聞いてほしいだけだったり、背中を押してもらいたかったり……。そんな少々傲慢で、肌触りの良い、優しい回答や切実な答えだけを求めている人からしたら、困惑してしまう内容だと思う。だって、お二人曰く、この本は人生相談の名を借りた二人のあられもない惚気と自慢話、なのだから!

読者から送られてきた人生相談に対談形式で答えているのは、この世の酸いも甘いも嚙み分ける、アウトローを極めた山田詠美・安部譲二のご両人。人生相談と言っても、例えば「一回りも年下の彼と運命の出会いをしてしまった……」や「就職試験に落ち続けている、仕事ってなんですか?」というもの、「覇気のない息子にイライラする!」などなど、恋愛や容姿、将来の夢や家族との関係といった、どれも普遍的で、思い当たる節の多いものばかり。どんだけ時代が変わっても人が悩む理由なんてそんな変わらないものだろう。安部さんが巻末で「『人生相談劇場』の中に、一度も『飢えて死にそうです。どうしたらいいでしょう』という御相談が無かったことに、僕は日本の豊かさをつくづく思い知ります。」と答えていたけれど、まさに、満ち足りているが故の悩み、なのだろう。幸せなことである。

そんなある種問われつくしたような相談に対し、二人の回答というのは決して模範的ではない。というか、模範的ではない人生を歩んできたお二人にそれを求めるのがそもそも間違いだ。相談内容から時に脱線、いや相談に答えることも放っておいて、近況や思い出話に花が咲くこともしばしば。

けれど無限に広がる二人の気ままなおしゃべりにこそ、人生の宝となるような金言がちりばめられている。例えば、山田さんの「自分を好きでなければ人を好きにもなれない、人にも好かれない」や安部さんの「恋っていうものは、きっともっとうんと神様を信じるみたいなことだと思うんだよ」という言葉。そんな素直に真摯に紡がれた言葉たちは、誰にだって言える、分かりやすい砂を嚙むような正論よりも、よっぽどこれから生きていく上でためになる。世間の価値観なんて知ったこっちゃないけれど、己の美学に反することはしない！　と胸を張るような二人の姿勢から生まれるざっくばらんな言葉たちは、まさに鬱屈とした現代社会に生きる人にこそ必要な言葉たちだ。

一方で相談そっちのけで語られる安部さんの恋の悩みにはハラハラしっぱなしだった。メールをくれた自分のファンだという女性との恋愛にうつつを抜かしていて、それも話を聞くだに絶対やめといたほうが良いと小娘の私ですら思うような有様なのだ。しかもその顚末を全て奥さんに相談しているという体たらく！　山田さんにもちょっと本気でいさめているような様子があって、本の前で思わず「そうだそうだ！」と応援してしまったくらい。けれど困ったことに安部さんはどこまでもチャーミングで憎めない。何回も離婚と結婚を繰り返し、今の奥さんとは二〇年以上連れ添っているという安部さん。そんなに経験豊富で色々な女性を見てきたはずなのに、なぜこの女性の身勝手さがわからないのかしら……と不思議に思ったけれど、まあ、私の友人たちも私の止める言葉なんて聞かずに恋に落ちてゆくし、私自身もそうであったなあ、なんてことを思い出した。それは年を経ても同じこと、そしていくつになっても危ない恋に落ちてしまうような可愛げこそが、安部さんの魅力そのものなのだろう。まさに、「酸いも甘いも嚙み分けた、人生の何たるかを知ったような女たちにもてる」安部さんの「膨大な経験を年月が濾過し続けて得た贅沢」な部分を、「時に厳しく、時にユーモラスに、そして、あくまでも真面目に、他人様《ひと》のために役立てること。それが、この本の使命だと思っております」と冒頭で山田さんが述べた通りの本となっている。その恋の顚末も含めて。

どのような着地を見せたかはぜひ本を読んで確認してもらいたい。「女がしっかりしているのには、しっかりしてることの理由がちゃんとあるのに、男の人ってわからないんだよね。」と山田さんが述べた、そのご自身の経験から生まれた赤裸々な言葉に大いに頷いた。ああ、あの時のあいつに読ませてやりたい、なんてことが心に浮かんだものである。

男性読者にはぎくり、としてしまう人もいるのでは。

また対談中に山田さんがプロポーズされたことを嬉しそうに報告していたり、その後の新婚生活の仲睦まじさを詳細にのろけている様子には、思わずにこにこしてしまった。ソファに座ってテレビを見ながら二人並んで歯を磨いている様子を「歯磨ききょうだい」と呼んでいたり、二人でごはんを食べるのが楽しくてみるみる太ってしまったり、彼の耳を電動歯ブラシでみがいたり！　なんてほほえましく可愛らしいんだろう。

数多くの山田さんの著書から浮かんでくるイメージは、都会的で教養に富んだ、けれど溢れんばかりのエネルギーを持て余した不良少女、だった。世間の普通がつまらなくて、もっと自由でいたくて、人からの視線や同調圧力がうっとうしくて、心に素直に、自分の美学だけを信じて生きていたいのに、でもそれを無視できるほど強くはなくて、そんなぐるぐると同じところで迷って地団駄を踏んでいるようなふがいない私にとって、同士のようであり、目標の存在。そんな山田さんがまるで「ラビット病」のゆりのように、相手を愛して愛されて、安部さんの言葉を借りれば「嬉しそうに満ち足りたお顔でミセスになりました」というのは、なんだかひとつの救いのように感じられたのだ。

私にもきっとゆりにとってのロバちゃんのような、山田さんにとってのヒロちゃんがいる、そんな気持ちに。

最後に、私信をお許し願いたい。

私は山田詠美さんの作品に救われて、ここまで生きてきた。誇張なしに、おそらくあの本たちがないと青春時代を生き延びることはできなかったと思う。周りに流されることなく、自分で自分の責任を取って生きる大人な少女たちに心酔した「放課後の音符」。自分の中で言語化できていなかった友人との関係を言い当てられたかのような気持ちになった「蝶々の纏足」。そして、少し目立つ風貌だったばかりに決して楽しいことばかりではなかった学生生活を生き抜くための、痛快で華麗で残酷な方法を教えてくれた「風葬の教室」。大人になった今でも、世の中のいう〝普通〟やSNS、ネットニュースなどの顔の見えない人からの言葉に傷つき疲れ果て、それらの価値観に追従してしまおうかと心に影がかかると、あわてて読み返すようにしている。この本を読んで、何か感じるところがあった人にはぜひ手にとってもらいたい。

一度だけ山田さんにお会いしたことがある。まだ大学生だった頃、山田さんのサイン会に伺った。サイン会の列に並びながら、何を言おうかずっと考えていたのに、いざ自分の番が来ると、あまりのオーラに圧倒され、「ああ、本当に同じ世界に生きているんだ」と当たり前のことを感じながら気づいたら泣いていた。言葉にならない嗚咽交じりの「あなたのおかげで、ここまで生きてこれました」は通じていただろうか。ただ、中学生の頃の自分に教えてあげたかった。あの頃擦り切れるほど読んだあの本を書いた人に、大学生になって会う事ができるんだよ、と。

そして今は、本屋の端でしゃくりあげて泣いていた大学生の私に教えてあげたい。あなたは大人になって、言葉がでないほど敬愛した作家さんの対談集の解説を書くことができるんだよ。だから、ずっとずっと本を好きでいて、たくさん読んで、生き延びて。

生きていれば、こんな風にご褒美があるんだな。そう思うとつくづくこの世は生きるに値する。この本は私の生涯の宝物だ。

（うがきみさと　フリーアナウンサー）

『人生相談劇場』二〇一四年一月　中央公論新社刊
「ベストフレンド4ever」
『婦人公論』二〇一九年十月二十三日号掲載

中公文庫

愛《あい》してるよ、愛《あい》してるぜ

2020年4月25日　初版発行

著　者　山《やま》田《だ》 詠《えい》美《み》
　　　　安《あ》部《べ》 譲《じょう》二《じ》

発行者　松田 陽三

発行所　中央公論新社
〒100-8152　東京都千代田区大手町1-7-1
電話　販売 03-5299-1730　編集 03-5299-1890
URL http://www.chuko.co.jp/

ＤＴＰ　平面惑星
印　刷　三晃印刷
製　本　小泉製本

Published by CHUOKORON-SHINSHA, INC.
Printed in Japan　ISBN978-4-12-206875-9 C1195

中公文庫既刊より

やｰ65ｰ1
賢者の愛
山田詠美
想い人の諒一を奪った百合。復讐に燃える真由子は、二人の息子・直巳を手に入れると決意する――。『痴人の愛』に真っ向から挑む恋愛長篇。〈解説〉柚木麻子
206507-9

せｰ1ｰ16
小説家の内緒話
瀬戸内寂聴
山田詠美
読者から絶大な支持を受け、小説の可能性に挑戦し続ける二人の作家の顔合わせがついに実現。「私小説」「死」「女と男」について、縦横に語りあう。
204471-5

あｰ60ｰ1
トゲトゲの気持
阿川佐和子
襲いくる加齢現象を嘆き、世の不条理に物申し、女友達と笑って泣いて、時には深ーく自己反省。アガワの真実は女の本音。笑いジワ必至の痛快エッセイ。
204760-0

あｰ60ｰ2
空耳アワワ
阿川佐和子
喜喜怒楽楽、ときどき哀。オンナの現実胸に秘め、懲りないアガワが今日も行く！　読めば吹き出す痛快無比の「ごめんあそばせ」エッセイ。
205003-7

いｰ110ｰ1
良いおっぱい悪いおっぱい〔完全版〕
伊藤比呂美
一世を風靡したあの作品に、3人の子を産み育て、25年分の人生経験を積んでパワーアップした伊藤比呂美が大幅加筆！「やっと私の原点であると言い切ることができます」
205355-7

いｰ110ｰ2
なにたべた？　伊藤比呂美＋枝元なほみ往復書簡
伊藤比呂美
枝元なほみ
詩人は二つの家庭を抱え、料理研究家は二人の男の間で揺れながら、どこへ行っても料理をつくっていた。二十年来の親友が交わす、おいしい往復書簡。
205431-8

いｰ110ｰ4
閉経記
伊藤比呂美
更年期の女性たちは戦っている。老いる体、減らない体重、親の介護、夫の偏屈と。ホルモン補充療法に挑戦、ラテン系エクササイズに熱中する日々を、無頼かつ軽妙に語るエッセイ集。
206419-5

各書目の下段の数字はＩＳＢＮコードです。978－4－12が省略してあります。

か-18-7
どくろ杯
金子光晴
『こがね蟲』で詩壇に登場した詩人は、その輝きを残し、夫人と中国に渡る。長い放浪の旅が始まった――青春と詩を描く自伝。〈解説〉中野孝次
204406-7

か-18-8
マレー蘭印紀行
金子光晴
昭和初年、夫人三千代とともに流浪する詩人の旅はいつ果てるともなくつづく。東南アジアの自然の色彩と生きるものの営為を描く。〈解説〉松本　亮
204448-7

か-18-9
ねむれ巴里
金子光晴
深い傷心を抱きつつ、夫人三千代と日本を脱出した詩人はヨーロッパをあてどなく流浪する。『どくろ杯』につづく自伝第二部。〈解説〉中野孝次
204541-5

か-18-10
西ひがし
金子光晴
暗い時代を予感しながら、喧噪渦巻く東南アジアにさまよう詩人の終りのない旅。『どくろ杯』『ねむれ巴里』につづく放浪の自伝。〈解説〉中野孝次
204952-9

か-18-14
マレーの感傷　金子光晴初期紀行拾遺
金子光晴
中国、南洋から欧州へ。詩人の流浪の旅を当時の雑誌掲載作品や手帳などから編集する。晩年の自伝三部作へ連なる原石的作品集。〈解説〉鈴村和成
206444-7

さ-78-1
空にみずうみ
佐伯一麦
大震災三年後の東北。移りゆく自然とめぐり来る季節がさりげなく前を向かせてくれる――。作家の早瀬と染色家の柚子、夫婦のある一年。〈解説〉小山田浩子
206611-3

し-11-2
海辺の生と死
島尾ミホ
記憶の奥に刻まれた奄美の暮らしや風物、幼時の思い出、特攻隊長として島にやって来た夫島尾敏雄との出会いなどを、ひたむきな眼差しで心のままに綴る。
205816-3

す-24-1
本に読まれて
須賀敦子
バロウズ、タブッキ、ブローデル、ヴェイユ、池澤夏樹……。こよなく本を愛した著者の、読む歓びが波のようにおしよせる情感豊かな読書日記。
203926-1

各書目の下段の数字はISBNコードです。978－4－12が省略してあります。

た-15-5
日日雑記
武田百合子
天性の無垢な芸術者が、身辺の出来事や日日の想いを、時には繊細な感性で、時には大胆な発想で、心の赴くままに綴ったエッセイ集。〈解説〉巖谷國士
202796-1

た-15-9
新版 犬が星見た ロシア旅行
武田百合子
夫・武田泰淳とその友人、竹内好との旅を、天真爛漫な目で綴った旅行記。読売文学賞受賞作。竹内好の随筆「交友四十年」を収録した新版。〈解説〉阿部公彦
206651-9

た-15-10
富士日記（上）新版
武田百合子
夫・武田泰淳と過ごした富士山麓での十三年間を克明に描いた日記文学の白眉。昭和三十九年七月から四十一年九月分を収録。〈巻末エッセイ〉大岡昇平
206737-0

た-15-11
富士日記（中）新版
武田百合子
愛犬の死、湖上花火、大岡昇平夫妻との交流。昭和四十一年十月から四十四年六月の日記を収録する。田村俊子賞受賞作。〈巻末エッセイ〉しまおまほ
206746-2

た-15-12
富士日記（下）新版
武田百合子
季節のうつろい、そして夫の病。山荘でともに過ごした最後の日々を綴る。昭和四十四年七月から五十一年九月までを収めた最終巻。〈巻末エッセイ〉武田　花
206754-7

さ-18-7
男の背中、女のお尻
佐藤　愛子
田辺　聖子
女の浮気に男の嫉妬、人のかわいげなどを自在に語り合い、男の本質、女の本音を鋭く突いた抱腹絶倒の対談集。中山あい子、野坂昭如との鼎談も収録する。
206573-4

た-28-15
ひよこのひとりごと 残るたのしみ
田辺　聖子
他人はエライが自分もエライ。人生はその日その日の出来心——七十を迎えた「人生の達人」おせいさんが、年を重ねる愉しさ、味わい深さを綴るエッセイ集。
205174-4

た-28-17
夜の一ぱい
田辺　聖子
浦西和彦 編
友と、夫と、重ねた杯の数々……。四十余年の長きに亘る酒とのつき合いを綴った、五十五本のエッセイを収録、酩酊必至のオリジナル文庫。〈解説〉浦西和彦
205890-3